ナツイロ

関口　尚

目次

ナツイロ

I　オレンジ頭のあの子

1

あの子は最低だった。もしもう一度会えるなら絶対に言ってやりたい。

君は最低だったよ——。

初めて会ったのはみかん畑だった。譲《ゆずる》が収穫したみかんのカゴを抱え、斜面を下っていくと、ギターのハードケースを背負った同い年くらいの女の子がのぼってきた。頭は少年のようなベリーショートでオレンジ色。細身の黒のライダースジャケットを着て、黒いジーンズを穿《は》いている。いかにもバンドをやっていますという格好だった。

「こんにちは」

譲から挨拶《あいさつ》をした。みかんが入ったプラスチック製のカゴは約二十キロ。抱えているのがやっとで、よろけそうになるのをこらえながらお辞儀をした。

女の子は無反応だった。視線もくれずにすれ違う。肌が白い。眉毛《まゆげ》は全部剃《そ》ってしまったのか、申し訳程度に描かれていてそれもオレンジ色だ。きれいな子なのにもったいない。まるで宇宙人だった。

「あの、ここはみかん畑なんですけど」

不審者扱いするのは悪かったが勝手に入られても困る。忠告を背中に投げかけた。オレンジ頭がくるりとこちらを向く。険しい顔をしていた。

「そんなのわかってるよ。みかん畑なのは見ればわかるじゃない。馬鹿じゃないの」

初対面の人間にどうして馬鹿などと言えるんだろう。怒るよりも驚いてしまった。しかし、事を荒立てるのはよくない。

「いや、そういうことを言おうとしたんじゃなくて、みかん畑なんで勝手に立ち入らないほうがいいですよ、と言いたかったんです」

「うるさいな。あんた畑の持ち主？　違うでしょ？」

「ち、違いますけど」

「じゃあ、いちいち文句つけてこないで」

「でも……」

「どうせあんた、みかんアルバイターでしょ。ほら、そのカゴ持ってさっさと行きな」

オレンジ頭は背中を向けるとまたのぼっていった。小馬鹿にされて、あしらわれた。このままじゃ腹の虫が治まらない。ひと言でいいから言い返してやりたい。けれど、なにも言わずに背中を見送った。

ああ、またやってしまった。譲は肩を落とした。怒るべきときに怒ったり、言うべきときに言ったりすることができない。頭の中では怒りの文句が次々と羅列《られつ》されるのに、すべて飲み込んで穏便に済ませてしまう。そしてあとから猛烈に後悔するのだ。なんであのとき怒らなかったのだろう。言ってやらなかったのだろう。大学のサークルで譲につけられたあだ名はイエスマン田中《たなか》。どんな場面でも「はい、はい、それでいいです」と答えるからだという。

「くそ」

先ほどのオレンジ頭との会話を思い出して腹が立ってくる。同い年くらいの女の子に、完全に上から目線で話されてしまった。圧倒されて「ち、違いますけど」なんておどついてしまった。男としてみっともない。

でも、その一方でけんか腰になることを美しくないと考えている自分がいる。争いはできるだけ避けたい。争いは次の争いを生むだけだ。穏便がいい。すばらしいじゃないか、ラブ&ピースって。

きっとこれは両親の教育の賜物《たまもの》なんだろう。ふたりが怒ったところを見たことがない。幼いころから叱《しか》られた覚えもない。なにしろ我が子に譲とまでつけた両親だ。ふたりの教育のモットーは「譲り合いの精神を大切に」だった。

落ち着いてきたら、自分の取った態度が正しく思えてきた。うん、さっきの対処は最善だ。話の通じない人間に怒って抗議したところで、なにになるというのだろう。

問題は心に残る不快感なんだろう。面白くない、みじめだ、情けない、いら立つ。こうしたマイナスの感情が譲の胸を内側から湿らせる。

不快感を覚えないほど強くなればいいのだろうか、それとも、言いたいことを最初から言って不快感など抱かなければいいのだろうか。まだまだ心の修行が足りないみたいだ。

みかんのカゴを抱え直し、急いで斜面を下った。余計な時間を食ってしまった。あまり遅くなると下で待っている島川《しまかわ》に怒られる。オレンジ頭へのいら立ちをエネルギーに変えてカゴをモノラックまで運んだ。

モノラックは収穫したみかんを運ぶための小型のモノレールだ。山の頂上近くまで続くみかん畑からカゴを人間が運ぶのはしんどい。斜面は場所によって四十度ほどの傾斜となり、台車だと転げ落ちてしまう。だから運搬用にモノラックのレールがみかん畑には張り巡らされている。遊園地で幼児が遊ぶミニSLくらいの大きさで、エンジンを搭載した先頭車両が連結器でつながれた二台のラック車両を引いていく。

「よいしょ」

これで十二箱目。下の起点まで運んで、そのあとは待機している島川とトラックに積み替える。

下りなのでモノラックはバック走行となる。エンジンをかけるとミニバイクか草刈り機みたいなエンジン音が響き渡る。ラックの最後尾に腰かけ、モノラックを発車させた。

一分間で約五十メートルというゆっくりとした速度でモノラックは走る。まるで山岳列車のように段丘を斜めに横切っていく。生《お》い茂《しげ》るみかんの木のあいだにレールが通されているため、モノラックに乗っていると葉っぱになぶられながら下っていくことになる。本来はモノラックに乗ることは禁止だ。けれどもほかのみかんアルバイターたちも乗っていて、譲も先輩の島川から乗り方を教わった。

みかんアルバイターとは愛媛県八幡浜《やわたはま》市の真穴《まあな》地区が取り入れているみかん収穫のための制度だ。温州《うんしゅう》みかんの収穫の最盛期に全国からアルバイトを募集し、やってきたアルバイトたちは農家にホームステイ状態で世話になりながらその農家の助《すけ》っ人《と》となる。始まりは一九九五年。地区の高齢化にともない労力が不足してきたため、この制度を導入してみたのだという。

今年は百人ほどのみかんアルバイターが集まり、五十戸ほどの農家や集荷場に散って働いている。譲もそうしたひとりだ。本来なら大学の講義があるがすべて放り出してやってきた。十月に東京の新大久保《しんおおくぼ》にある中央卸売市場《おろしうり》で面接を受け、十一月の十三日に有明埠頭《ありあけふとう》からフェリーで出て、到着したあとは対面式を経てお世話になる二宮《にのみや》家にやってきた。働き始めて今日で二週間となる。

最初にみかんの摘み方を教わった。まずみかんを枝から切り離し、次に残ったヘタの部分をすれすれで切る。ヘタが出っ張った状態だとほかのみかんを傷つけてしまうのだという。みかんアルバイターは男女ともにいる。みかんの摘み子は主に女性が任せられ、男性は運搬などの力仕事を任せられる。譲もいまは運搬中心だ。細身なのでいろんな人から心配されたが、毎日必死になって働いて労力として役立つことを証明できている。

モノラックのレールの左右に続いていたみかんの木が途切れた。いっきに眺望が開ける。

山裾《やますそ》までみかんの木が続いている。みかんを鈴生《すずな》りに実らせた木が眼下に広がっていると、緑とオレンジ色の絨毯《じゅうたん》のように見える。視界を上げていくと宇和《うわ》の海と漁港にたどり着く。右手の陸地をたどっていけば鋭い角のように伸びていく佐田《さだ》岬。左手は宇《う》和島《わじま》。真ん中に広がる海はいままさに夕日が落ちていくところで真っ赤だ。赤く染められた海の向こうには九州がある。

モノラックを停止させた。収穫は日没のちょっと前まで。日が陰ってくるとみかんの色や状態がわからなくなってしまう。冬のいまはだいたい四時半くらいまでで終わりとなる。そして最後にこの夕日を見るのが譲の日課だった。

みかんアルバイターの経験がある大学の先輩から、八幡浜の夕日はきれいだぞと聞かされていた。けれど、想像以上だった。東京での出来事で傷ついて、逃げるようにしてみかんアルバイターに参加した。負い目を抱えて八幡浜へやってきた。でも、やってきて正解だった。ざらついていた心を見守ってくれるような強くてやさしい赤が、この街では待っていてくれた。湾を出ていくフェリーも、空を舞うカモメも、海岸線すれすれまで建ち並ぶ家並みも、赤く染められたものはすべていとしく見えてきて、眺めているだけで涙が出てきてしまう。

再びモノラックのエンジンをかけようとして、ふと手を止めた。歌が聞こえた気がしたからだ。女性の歌声だ。耳を澄ましてあたりを窺《うかが》う。空耳だったろうか。そう思ったときやはり歌が聞こえた。しかも今度ははっきりと、ギターの演奏つきで。

ギターは力強い。声は澄んでいて繊細だ。歌詞は聞き取れない。低音は苦手なのか、圧《お》し殺したような歌い方となっている。けれども高音になればなるほどのびやかになっていき、水のように透明で自在となる。そして声の途切れる瞬間がいい。かすかに甘くかすれるのだ。一瞬のハスキー。頼りなくて儚《はかな》いものが、澄んだ美しい声の裏側に隠されていると気づかされ、はっとさせられる。

ジーンズの尻ポケットにしまってあった携帯が鳴った。慌てて出ると島川だった。

「おい、まだかよ。なにとろとろやってんだよ」

「すみません、いま行きます」

「お父ちゃんもお母ちゃんもとっくに降りて待ってんだかんな」

通話がぶつりと切れる。「お父ちゃん」「お母ちゃん」と言っても、島川の実際の両親ではない。譲が今回世話になっている二宮家の主人と奥さんのことだ。みかんアルバイターの多くが、世話になっている家の家族をお父ちゃんとかお母ちゃんと呼ぶ。ホームステイのホストファミリーみたいな感覚だ。向こうもみかんアルバイターたちを我が子同然に下の名で呼んだり、愛称で呼んだりする。初めて会った人たちをお父ちゃんとかお母ちゃんと呼ぶことに抵抗があったが、いつのまにか慣れてしまった。譲も田中君と呼ばれたのは最初の三日までだ。

モノラックで起点まで下ると島川が腕組みをして待っていた。みかんアルバイターはリピーターが多い。愛媛という土地が気に入ったり、受け入れ先の農家のやさしさに感激したりして、またやってくる。島川もそのひとりだ。今年で三年連続だという。毎年世話になる農家は換わっているらしく、今年は譲といっしょに二宮家で働いている。

「遅いよ。日が暮れちまうだろ」

島川はふてくされるように言ってカゴを下ろし始めた。そばに止めてあるライトエースの荷台に移さなければならない。譲も急いで手伝った。

「すみません。畑に知らない人が入ってきたんで」

「観光客か」

「かもしれないです。女の子でギター背負ってて」

「ギター？」

「そのあと歌ってました。聞こえませんでした？」

「全然。ていうかさ、本当に譲はその女の子を見たのか。夕暮れどきに変なもん見ちまったんじゃないのか」

にやりと島川が笑う。今年で二十五歳だという。譲より五つ上だ。以前は東京でウェブ関係の仕事をしていたそうだ。企画書を作ったり、コピーライティングもやったりしていたとのこと。専門学校を卒業後、働きずくめだったらしく心身ともに調子を崩してしまい、やめてしばらく放浪してからみかんアルバイターに参加するようになったのだとか。ウェブ関係の仕事をしていたころの写真をスマートフォンで見せてもらった。白いシャツに紺《こん》色地のアーガイル柄のカーディガン、銀ぶち眼鏡《めがね》にきれいに整えられた髪。細い首に青白い肌。仕事柄のせいか、いっしょにパソコンが写っていたせいか、神経質そうに見えた。しかしいまや髪は伸び放題で、その頭にタオルをかぶり、日に焼けた肌に無精髭《ぶしょうひげ》。精悍《せいかん》さが増していてカーキ色のつなぎ服がよく似合った。

「え、幽霊が出る話なんてあるんですか」

「ないよ」

冷たく言ってカゴを運ぶ。

「びっくりするからやめてくださいよ。ぼく、そういうの弱いんですから」

「あっそう、じゃあ、今夜はみんなを集めて怪談話するか。百物語なんていいなあ。知ってるか、百物語。ひとつ怖い話をしたらひとつ蠟燭《ろうそく》を消すってやつ」

みんなというのはほかの農家で住み込みで働いているみかんアルバイターのことだ。譲が世話になっている二宮家には離れがある。一階が農耕機械や車を止める駐車スペース、二階が六畳二間となっており、譲と島川はそれぞれひと部屋ずつ割り当てられていた。この離れに夜な夜なほかの家のみかんアルバイターたちが集まってきて、なにするでもなくだらだら酒を飲んで話し明かすのだ。

「ごくろうさん」

野太い声が聞こえたので振り向くと、雇い主であって二宮家の家長である敏弘《としひろ》が立っていた。五十五歳と聞いている。小柄だが長年みかん農家をやってきたためか、がっちりしている。その隣には妻の光子《みつこ》がにこにこ笑っていた。ほっそりとしていてむかしは美人だったんだろうな、といつも想像する。敏弘と光子には子供がいないらしい。だからなおさら譲や島川を我が子のようにかわいがってくれているようだった。

「遅くなってすみません」

「大丈夫、大丈夫。それより早く積んじまおう」

紺色のつなぎ姿の敏弘が明るく言ってカゴを運んだ。二宮家は三人家族だそうだ。敏弘と光子の夫婦と敏弘の母である滝子《たきこ》で暮らしている。農園は近隣の農家の中でも規模が大きいほうで、収穫期のいまは大忙しとなる。八幡浜港のそばから敏弘の姉が毎日摘み子として手伝いに来ているが、それでも足りなくてみかんアルバイターの譲と島川を招いたというわけだ。

カゴをすべて移し終わったあと、ライトエースと軽トラックの二台に分乗して二宮家に向かった。ライトエースの運転は敏弘で助手席に滝子が乗る。光子が軽トラックを運転して助手席は敏弘の姉だ。譲と島川はライトエースの荷台の空いたスペース。これまた本来乗ってはいけないのだが、畑から二宮家まで目と鼻の先なので見逃してもらうことにする。

「あの子、大丈夫かな」

次第に闇《やみ》に包まれていくみかん畑を見ながら譲はつぶやいた。

「あの子って幽霊ちゃんか」

島川も遠ざかるみかん畑に振り返った。

「幽霊じゃないですってば」

「地元の人間じゃなかったら心配だな。土地勘ないと降りてこられないだろう」

「そういえば地元の子じゃなさそうでしたね。髪型とか服とかここらにいない感じでしたから」

「垢抜《あかぬ》けてたってこと?」

「まあ、そうです」

「うちらと同じ身分じゃないの」

「見たことない子でしたよ」

多くのみかんアルバイターが東京からフェリーの同じ便でやってくる。一泊二日の長い航路のあいだに、アルバイトに参加する人間はひと通り見た。その後対面式もやったし、懇親会もあった。けれどオレンジ色のベリーショートなんて見た覚えがない。

「その子、よっぽどかわいいのか」

にやにやしながら島川が訊《き》いてきた。

「なんでですか」

「だって譲がそんなに気にしてんだもん」

かわいいか、かわいくないかだったら、かわいい。けれどそれはもし髪を伸ばして、ナチュラルメイクを施したらという条件つきだ。そこまでやってなんとかアイドルグループの端っこに立てる。けっしてセンターじゃない。それより譲が気になる理由はさっきの歌声だ。誰のどんな歌なのかわからない。歌詞も聞き取れなかった。なのに声の印象が深くて、思い出すと胸に甘いざわめきがさざなみのように起こる。

甘いざわめき。そんなことを口にしたら、島川に笑い飛ばされそうだ。

「まあ、かわいいんじゃないですかねえ」

曖昧《あいまい》に言って空を見た。星がまばらに輝き始めていた。

二宮家に到着して、みかんの入ったカゴをすべて倉庫に移した。倉庫は広い。ここでは傷ついたみかんをよけたり、大きさによって分けたりする選別を行う。選別を行うために使用する機械はとても大きくて、それも倉庫の中にあった。

夕食は七時からだ。それまでは自由時間となっている。敏弘は姉を八幡浜港そばの家まで送っていった。毎日送迎しているのだ。光子と滝子は夕飯の買い出しへ行った。みんな出払ってしまうと島川がたくらみ顔になった。

「おれ、ちょっとそこの酒屋行ってくるからよ」

「え、大丈夫ですか」

譲たちが間借りしている二宮家の離れは、みかんアルバイターたちのたまり場となっている。集まったとき用の酒を買いに行くのだろう。しかし、三日前に島川は飲み過ぎて二日酔いになり、仕事に出られなかった。この忙しい時期、ひとりでも欠けるとほかの人への負担が重くなる。

「大丈夫だよ。今日は飲み過ぎないからさ」

いったい何度この「大丈夫だよ」を聞いたことか。島川はどこか杜撰《ずさん》なところがある。特に酒が入ったときはよくない。地元の農家とみかんアルバイターの懇親会が終わったあと、どうしても飲み足りないという島川につき合って市街地まで繰り出したときは、居酒屋の前に止めてあった他人の自転車に跨《また》がっていてけんかになった。別に盗もうとしたわけじゃない。島川が酔っ払って跨っているところに持ち主がやってきてしまったのだ。カラオケに行ってやらかしてしまったこともあった。泥酔状態の島川が「リンダリンダ」を歌って飛び跳ね、よろけてテーブルを破壊した。こうしたことが起こる直前まで譲が注意しても「大丈夫だよ」と島川は笑って退ける。そういえばこんなことも言っていた。

「おれ、会社で働いてたころはもっと几帳面《きちょうめん》だったんだぜ。けどさ、そんなぎゅうぎゅうに堅苦しく構えなくても人は生きていけるって気づいちゃったわけよ。もしいまおれがゆるい人間に見えるならあのころの反動かな。あはは、大丈夫、大丈夫。人生たいていのことは大丈夫なの。だっていままでだってなんとかなってきてるもん。おれ、会社やめちゃって収入激減してこのあとどうなるかわかんないけど、なんとかなってるもん」

適当なこと言うよなあ。自分に甘いだけじゃないか。

批判的に考えつつも、まったくうなずけないわけじゃない。たしかに譲にも自分の人生はもう終わりだと思う出来事があった。それでもいまも人生は続いている。

「じゃ、酒屋に行ってくるわ。譲はなにがいい」

島川は着替えもせずにつなぎのまま出かけるつもりらしい。

「ぼくはビールで」

「了解、了解」

歌うように言って島川は二宮家の庭を出ていく。その姿が生垣《いけがき》の向こうに消えたところで、またやってしまったとうな垂れる。

三日前、島川を欠いての仕事は大変だった。お父ちゃんもお母ちゃんもしんどそうだった。人がいい二宮家の人たちは文句も愚痴《ぐち》も言わないが、本当は二日酔いで倒れていた島川に苦言を呈したかったはずだ。わざわざ東京から呼んだ人間が、しかも就労期間は一ヶ月しかないのに二日酔いなんかで休むとはなにごとか。一年で最も忙しい時期であって、疲労でぴりぴりすることもあるのに、助っ人が休むなんて意識が低すぎる。代わりに譲が文句を言ってもよかったかもしれない。

けれども、なにも言えなかった。穏便に済ませてしまっていた。そして今日、酒を買いに行くのを咎《とが》めることができなかった。島川のあの様子じゃ三日前のことはこたえていないのだろう。せめて少しでも反省させればよかった。

なにが「ぼくはビールで」だ。答えたとき自分は軽く笑みを浮かべていた。あいかわらずのイエスマン田中だ。情けなくなりながら、二宮家の母屋に帰った。

母屋は瓦《かわら》屋根の古い木造平屋建てだ。がらりと引き戸を開ける。東京からこの愛媛に来ていちばん驚いたのは、玄関の鍵《かぎ》をかけない家があるということだ。不思議なゆるさがある。

靴を脱ごうとして、見慣れぬエンジニアブーツが脱ぎ散らかしてあることに気づいた。サイズからして女性モノ。二宮家にエンジニアブーツを履くような若い人間はいない。誰か来ているのだろうか。玄関から中に声をかけた。

「ただいま」

返事はない。家の中はしんと静まり返っている。靴を脱いで上がり、居間へ向かった。縁側に沿って長い廊下が続いていて、奥の角部屋を二宮家は居間として使っている。その居間の電気が点《つ》いていた。障子が閉められていて誰がいるかわからない。

「ただいまです」

そっと障子を開けた。目を丸くする。みかん畑ですれ違ったオレンジ頭がこたつでくつろいでいた。

「ちょ、ちょっと、なんで君がここにいるの」

オレンジ頭は答えずに、さも面倒臭そうに壁に立てかけてあったキャリーバッグを引き寄せた。オレンジ頭はごそごそやっていたかと思うと一枚のCDを取り出して、譲の足元に投げてよこした。CDのジャケットの写真に、大輪の向日葵《ひまわり》が写っていた。

「それ、あたしの」

歌を歌っているということか。CDはミニアルバムのようで〈フラワー〉というなんの捻《ひね》りもないシンプルなタイトルがつけられていた。タイトルがこれならば、ジャケットの下部に書かれた〈LIN―燐《りん》―リン〉がアーティストとしての名前なんだろう。ただ、これをリン・リン・リンと読めばいいのか、リンを読み換えているのか、いまいちわからない。

ただ、あのみかん畑の歌声は彼女のものに違いない。甘いざわめきを胸に呼ぶ澄んだ声。CDでデビューするのもうなずける。おずおずと尋ねてみた。

「あのさ、さっきみかん畑で歌ってなかった?」

「なによ、みかん畑で歌っちゃ悪いって法律がこの国にはあるっての?」

「そうじゃないよ。すごくいい声してるなって思ったからさ」

それまでこちらをろくに見ようともしなかった彼女が、まっすぐ見つめてきた。ああ、やっぱりこの子は顔のつくりがきれいなんだ。そう思ったときだった。

玄関の引き戸が開く音がした。「ただいま」と野太い声がする。敏弘が帰ってきたのだ。のっしのっしと廊下を歩いてくる音がする。

「やべえな」

オレンジ頭が顔をしかめた。

「やばいってなにが」

「親父《おやじ》、怒ってんな。足音でわかるんだ。ま、許してくれるとは思ってなかったけど」

「親父？」

障子が勢いよく開いた。オレンジ頭は立ち上がって逃げようとしていたが、一喝《いっかつ》され
て固まった。

「リン！　おまえどの面《つら》下げて帰ってきた！」

どうやら呼び方はリンのみでいいようだった。

「どの面もこの面も顔はこれひとつだよ！」

リンが食ってかかる。

「おまえ親に向かってなんだその口の利き方は」

「頭ごなしに怒鳴りつけてきたのは親父のほうだろう」

「怒鳴られるようなことをした馬鹿娘はどこのどいつだ！」

敏弘がこたつを踏み越えてリンに躍《おど》りかかった。左手でリンの奥襟《おくえり》をつかむと、右手

で平手打ちをした。痛々しい音が居間に響く。さすがに譲も傍観していられなかった。

「ちょっとお父ちゃん、まずいですよ」

なおも叩《たた》こうとしている敏弘とリンのあいだに割って入った。するとリンが譲の言葉に噛《か》みついてきた。

「おい、おまえうちの親父を『お父ちゃん』と呼ぶのやめろ。あたしがあんたを婿《むこ》に迎えたみたいで気持ち悪いんだよ！」

「いやいや、そういう意味じゃないでしょ」

弁解しようとしたら隙《すき》ができてしまった。敏弘の二撃目がリンを襲う。今度はリンの頭に手のひらが当たった。容赦ない一撃で、リンは背中から廊下側の障子に吹っ飛んでいき、障子もろとも仰向《あおむ》けに倒れた。

「え、これ、なんすか？」

廊下には日本酒の一升壜《いっしょうびん》を抱え、ビールの入ったビニール袋を提《さ》げた島川が立っていた。

「ちょうどよかった島川さん！　お父ちゃんを止めて！　もしくはその子を連れて逃げて！」

「譲、馬鹿言え！　止めるんじゃねえ！」

敏弘はすっかり興奮状態だった。

2

騒動が収まったのは夜も九時が回ってからだ。キッチンでの夕食は家族会議の場となり、ダイニングテーブルを囲んで息苦しい沈黙が続いた。光子の計らいで譲と島川のふたりは離れで食事をさせようという案も出たが、ふたりは家族同然だからと敏弘によって強制参加となった。

家族の会話を聞かされているうちに、リンがどういう子なのか見えてきた。敏弘と光子の一人娘。年齢は譲よりひとつ下の十九歳。幼いころからピアノを習い、中学のときからギターを弾き始めた。路上ライブも中学生のときから行っていたそうで、土日となると電車に乗ってはるばる松山《まつやま》まで出かけて歌っていたらしい。

「絶対にシンガーソングライターとして成功する」

それがリンの口癖だったそうで、中学卒業とともに上京。東京の親戚《しんせき》の家に住まわせてもらいながら高校に通い、シンガーソングライター養成の塾に通ったり、路上ライブをやったり、小さなライブハウスで歌わせてもらったりしてきた。

ところが活動を始めて五年が過ぎたがいまだ芽が出ない。インディーズでCDを作ったがさほど注目されず、売れ残ったCDを路上ライブで売りさばく日々。デモ音源を作ってメジャーからインディーズまで音楽制作会社に送ったがすべて駄目。小さな音楽事務所に所属して活動していたこともあったが、跳ねっ返りの性格ゆえに飛び出してしまっていた。

あんなにきれいな声をしているのに。ルックスだってまあまあイケてるのに。どうして芽が出ないのだろう。譲にはいまひとつわからない。

最初は、リンが何年経《た》っても芽が出ないから敏弘が怒ったのかと見当をつけていたのだけれど、そうではなかった。家族会議が開かれたのは、リンが家から金を盗んで逃げたからだった。その額なんと九十万円。盗んだのは去年の夏のこと。それ以来リンは音信不通となっていたらしい。東京の親戚の家も飛び出していた。

「もう金は残ってないよ。そのCD作って、アパート借りたらなくなっちまった」

リンが悪びれもせずに話すものだから、またもや敏弘が怒ってテーブル越しにつかみかかった。一触即発の親子関係だということはよくわかった。

「その頭、いったいなんなのよ」

光子が嘆かわしいとばかりにリンのオレンジ頭を見る。

「最初はさ、美容師さんと相談してスペインの少年ってテーマでベリーショートにしたの。けど、なんかインパクトが足んなくてさ、オレンジに染めてもらったってわけ」

母親が嘆いていることに気づかないのか、リンは嬉々《きき》として語った。見かねた敏弘が怒気をはらんだ声で言う。

「おまえは自分の頭の悪さを宣伝してるってわけか」

「うるせえなあ。この頭の悪さは親父の遺伝だよ」

「馬鹿たれが！　自分の頭の悪さを親のせいにするな。みかんみたいな頭しやがって」

「なんだと。みかんといっしょにするんじゃねえよ、みかんと！」

リンはテーブルにあった盛り鉢からみかんをひとつつかむと、敏弘に向かって投げつけた。

「てめえ、みかんのおかげで大きくなったってのに粗末にするんじゃねえ！」

そのあとは夕方と同じ大乱闘となった。譲と島川とで必死に敏弘を押しとどめた。

「馬鹿娘が！　おれは選別に行ってくる」

敏弘は譲と島川を振り払うと、倉庫へ向かっていった。今日の分の選別がまだ終わっていない。農家によってみかんの選別をみかんアルバイターに手伝わせる家と、そうではない家がある。二宮家は普段は手伝わせない契約だ。働くのは朝の八時から夕方の五時まで。時給は八百円。しかし、今晩に限っては手伝おうと思った。選別の仕方なら以前に習っている。島川とともに敏弘を追った。

「お父ちゃん、ぼくらも手伝います」

倉庫に入っていき敏弘に声をかける。いいとも駄目とも返事はない。敏弘は機械を動かし、黙々とみかんを選《よ》り分けていく。譲も島川も黙って手伝った。

選別は流れ作業だ。ローラーが並べられてできた道をたくさんのみかんがゆっくりと転がってくる。みかんはローラーの回転で回されて背も腹も見せることになる。傷がないかチェックをして、あれば弾《はじ》く。弾かれたみかんは捨てるわけではない。みかんジュースの加工用になる。

作業のあいだ敏弘はひと言も話さなかった。普段は気さくでくだらない冗談をしょっちゅう口にしている人なのに。しかし、ただただ怒っているわけでもなさそうだった。肩が落ちている。落ち込んでいるのだ。

「ありがとうな」

今日の分の作業が終わったとき、敏弘は譲と島川に向かってぽつりと言った。とても寂《さび》しそうだった。

離れの自分の部屋に引き揚げた。緊急事態があったから今夜の酒盛りはなしだと、島川はいつも集まってくる面子《メンツ》にメールを送っておいたらしい。珍しく島川とふたりだけの静かな夜となった。

せっかく買ったのだから、と譲の部屋のこたつで缶ビールを飲んだ。ふたりだけの飲み会の開始だ。

「いやあ、びっくりしたな」

ぐびりと飲むたびに島川がもらす。みかんアルバイター三年目の島川もこうした家族の騒動に巻き込まれたのは初めてだという。

「ほんとびっくりしましたね。お父ちゃんがあんなに怒る人だなんて思いませんでしたよ」

「だよなあ。羊《ひつじ》のように温厚な人だと思ってたからさ。おれ、いままでけっこうやばかったんじゃねえかな」

二日酔いで働けなかったときのことを言っているのだろう。

「やばかったかもしれませんね」

「生活態度改めよう」

飲み過ぎないようにするためか、島川はビールの缶をこたつに置いて両手をこたつ布団の下に突っ込んだ。

「びっくりしたと言えばリンだよな。あいつだろ、譲がみかん畑で見かけたやつ」

「そうです」

「九十万も盗んで逃げるなんてとんでもねえ女だな。それでいてまったく悪気がなさそうなんだもんな」

「お父ちゃん、よくあれだけで済みましたよね。九十万っていったら大金ですよ。しかももうないなんて。もっと怒ってもおかしくないかもしれないですよね」

「うーん、それは二宮家がみかん農家の中じゃ稼いでるほうだからかもしれねえな」

「農家のあいだで差なんてあるんですか」

「あるよ。隔年結果《かくねんけっか》ってこの前教えただろう」

「はい」

みかんの収穫では、取れる年と取れない年が交互にやってくるそうだ。たくさん取れた年の次の年は木の勢いが衰えてあまり取れない。たくさん取れる年は「表年《おもてどし》」、取れない年は「裏年《うらどし》」とか「不成り年」と呼ばれる。

「たくさん取れる表年っていいようでいて、みかん一個の値段が下がるから儲《もう》かるってわけじゃないんだ。けど、取れない裏年にたくさん収穫できたら、一個の値段も高くなっているところで売りさばけるわけだ。二宮のお父ちゃんはそれが上手なんだよ。研究熱心みたいだしさ」

「なるほど」

「それよりリンだよ。お父ちゃんはしっかりしてる人なのに、あいつ頭悪そうだったよな。顔はかわいかったけど」

うなずいてしまうとかわいそうに思えて譲は苦笑《にがわら》いを浮かべた。島川はすでに酔ってきているようで口が止まらない。

「顔立ちはいいよ。おれ、ときどき思ってたんだ、ここのお母ちゃんってむかし美人だったんだろうなって。もう五十歳越えてるのに目がどんぐりみたいに丸くてキュートじゃん。鼻もちっこくてかわいいし、口は小さいし。肌なんていまだつるつるじゃん。その遺伝子があのリンに伝わってるんだな。そっくりだよ。けど、あの髪型と眉毛はないよ。本人はイケてると思ってるんだろうけど、あれじゃ田舎《いなか》のヤンキーじゃん。しかもひと昔前の。あんなのこの愛媛の田舎にもいないよ。東京だったらいろんなファッションやメイクの子がいるから目立たないけど、このおとなしいみかんの町じゃ浮きまくりだよ」

「浮きまくり……。たしかに」

相づちを打ちながら島川の様子を窺う。そして確信する。島川はリンが現れたことで興奮していた。

　みかんアルバイターとして働き始めて二週間が過ぎた。仕事は大変だがやっと慣れてきた。それと同時に目新しい話題も減ってきた。

　就業期間中はなかなか自由な時間が取れない。取れても夕方から寝るまでのあいだで、やれることにも出かけられる範囲にも制限がある。働いている真穴地区から八幡浜の市街地まで、歩くとゆうに一時間はかかるのだ。そのうえ、この地区には若者が集まって騒げるような居酒屋もなければコンビニすらない。なので仕事が終わったあとは二宮家の離れに、ほかの家のみかんアルバイターたちと集まって身の上話に興じてきた。しかし、二週間もあればお互いだいたい話し尽くしてしまう。そこへ来てリンだ。格好の新鮮な話題だった。

「なんか女を感じなかったよな」

「そう言われてみればそうですね」

「がさつそうだもんなあ。言葉遣《ことばづか》いもひどかったし。男のおれでも親に対してあんな乱暴な口を利いたことないよ。譲はどうだった？」

「親子げんかですか」

「そう」

「うちはまったく。だってぼくに譲って名前をつけるくらいですよ。争いごとが大嫌い」

「あはは、なるほど」

「しかも弟は佑《たすく》ですから」

こたつの上にあった新聞のチラシに漢字を書いて教えてやった。

「うちの両親が人を助ける人になるようにって弟の名前に込めたんですよ」

「譲ったり助けたり、他人のために生きてるような兄弟だな」

島川が声を噛み殺して笑う。

「それでいらいらさせちゃうこともあるんですけどね。もっと貪欲《どんよく》に求める姿勢はないのかって。譲ってる場合じゃないでしょって」

「それってもしかして彼女に言われたのか。あ、いや、元カノか」

先日みかんアルバイター同士の打ち明け話で、つい口を滑らせてしまったのだ。大学の同じサークルに彼女がいたのだけれど別れてしまったと。その別れを断ち切りたくて、後期の講義が行われている期間にもかかわらず愛媛にやってきたのだと。

「そうですよ。元カノの言葉ですよ」

「わからないでもないけどなあ」

島川が腕枕で仰向けに倒れた。

「なにがですか」

「元カノがいらいらしたってのの、おれもわかるよ。だって譲ってさ、あまりにも平和主義者なんだもん。でも、それって他人から見て、ただの事なかれ主義に見えるぜ。もしくはお人よしの意気地なし」

「揉《も》めるの苦手なんですよ」

「なんでだよ、自分に意見があったら揉めるだろ」

「揉めてまで自分の意見を押し通したくないというか」

「ほら、事なかれ主義。駄目だよ、そういうとこ。女にモテないよ」

島川はスマホを取り出して仰向けのままいじり出した。「お」と驚いた声を上げて起き上がる。

「譲、見てみろこれ」

もう少し事なかれ主義について突っ込んで話をしたかったが中断されてしまった。島川がスマホのディスプレイを見せてくる。

「なんですかこれ」

「リンのブログだよ。あいつ律儀に日記なんてつけていやがった。プロフィールもあるし、動画のリンクも貼《は》ってあるぞ」

　さすが元ウェブ関係の仕事をしていただけはある。ネット上での検索はお手の物ってことか。島川はしばらくそのブログを読んだあとスマホを渡してきた。ディスプレイを覗《のぞ》き込む。思わず固まった。ブログのプロフィールページの背景画像に、リンの横顔の写真が使われていた。

「見た？」

　興奮気味に島川が訊いてくる。

「見ました」

「かわいいよな、こっちのほうが」

　背景画像のリンは、前髪の切りそろえられたボブという髪型をしていた。色は上品な茶色で、肩すれすれまで伸びる毛先が内側に向かってゆるやかな弧《こ》を描いている。眉もきちんとあって、やさしげな笑みをたたえている。やわらかな逆光の中、白いワンピースを着ている姿はお嬢さまのようだ。髪やメイクを変えたらもっとよくなると思っていたが想像以上だった。なぜあんなオレンジにしてしまったのだろう。

「あいつ、事務所も所属してないってことは、そこにあるプロフィールも自分で書いてるのかな」

島川の言葉でプロフィールに目を移す。

〈一九九三年四月七日生まれ　B型　愛媛県八幡浜市生まれ　東京在住〉

続いてシンガーソングライターとしての自己紹介文もあった。

〈唯一無二の声で歌う孤高のシンガーソングライター、LIN―燐―リン。

歌声も、歌詞で描かれた世界も、その振る舞いも、鳥のように自由。

路上の歌姫として東京の空の下、今日もどこかで歌っている。

ライブ会場限定販売のミニアルバム「フラワー」は大絶賛発売中！〉

声はたしかに唯一無二のものを感じた。けれど、鳥のように自由とはいささか飾りすぎだ。話が通じない、やりたい放題という点では、鳥のようであるかもしれないけれど。

「けっこう恥ずかしいこと書いてあるだろう、路上の歌姫とかさ」

島川が笑って言う。

「自称なら恥ずかしいですね」

「アーティストネームがアルファベット表記なのか漢字表記なのか、これ見てもわかんねえんだよな。どっちかにすればいいのに」

「アルファベットでLINだとほかにもいるんじゃないですか」

「なるほど。東京だったらいそうだもんな」

好きなアーティストの名前も書いてある。
〈マイ・フェイバリット・アーティスト　シェリル・クロウ、ミシェル・ブランチ、アヴリル・ラヴィーン〉
なんとなくシンガーソングライターとしての方向性もわかった。ともかくギターと歌ってことなんだろう。バイオグラフィーもあった。
〈3歳　ピアノを弾き始める。
小2　初めて作曲をする。
小5　合唱団に入る。
中1　とある人の影響でギターを始める。
中2　ストリートデビュー。八幡浜駅の周辺だけでなく、松山まで足を伸ばして路上ライブを行う。
中3　とある出来事をきっかけに、一生歌を歌って生きていこうと決心する。
高1　上京。東京で路上ライブを開始。音楽事務所に所属。
高2　一年間で都内の路上ライブ百回達成！
高3　都内のライブハウスで歌い始める。
18歳　音楽事務所をやめる。八月、待望のミニアルバム「フラワー」発売。

19歳　鳥になる〉

　スマホを島川に返して尋ねる。

「この最後の『鳥になる』ってなんですかね」

「さあな。もしかしてシンガーソングライターの活動がいやになって、全部捨てて自由になったって意味かもな。自分に酔ったすげえ恥ずかしい表現だけど」

「ほかにも突っ込みどころが満載ですよね。『とある人の影響』とか『とある出来事』とか、バイオグラフィーなのに不明な点があったりして」

「ある程度素性は謎《なぞ》に包まれていたほうがいいからじゃねえの。けど、とある、とあるってボキャブラリー少ねえよな。よし、それじゃ動画も観てみっか」

　島川はスマホのディスプレイを譲に見せてから、動画の再生ボタンを押した。島川とふたりで覗き込む。

　その動画はライブ会場での演奏を録画したものだった。画面は暗く、低いステージにリンがアコースティックギターを構えてひとり立っている。衣装はブログのプロフィールページと同じ白のワンピースで髪もお嬢様風のボブだ。

　調弦を微調整して、試奏を繰り返している。バックバンドはいない。スタンドマイクに向かってリンが言う。

「じゃあ、最後の曲、行ってみようかな」

まばらな拍手が起こる。客席が映っていないのでどれくらいの客数かわからないが、拍手をしたのは五人くらいだ。人気がなくて拍手をもらえないのか、ライブ会場に五人くらいしか入っていないのか。

「えーと、最後に歌うのは『マザー・ロード』という曲です。アメリカにはルート66という古い国道があっていろんな歌や映画に出てくるんです。シカゴからサンタモニカまでアメリカを横断してるんですよ。で、スタインベックという小説家さんが書いた葡萄《ぶどう》の小説でマザー・ロードと呼んでるんだって。そこから曲名は取りました。あたしね、いつかこのルート66に行ってみたいと思ってるんです。ていうか絶対に行きます！ そうした願いを込めて、アメリカのどこまでも続く広い道をぶっ飛ばしているような元気な曲にしてみました。では、聞いてください」

画面の中のリンがやや激しめにギターを掻《か》き鳴らし始める。キャッチーな前奏に続いて歌い出した。

やっぱりいい声をしていた。のびやかで美しい高音。譲の胸に、みかん畑で聞いたときのあの甘いざわめきがよみがえる。初めて歌声を聞いた島川が驚きの声を上げた。

「おお、歌うめえじゃん！ すっげえいい声してんじゃん！ これはたしかにＣＤを出すレベルだわな」

別に譲の声を褒めているわけでもないのに、なぜかうれしくなった。

「歌う才能があるってことはあの子も自分でわかってるんでしょうね」

「だろうな。ただ、今日見た喚《わめ》いてみかん投げつけてる姿と、歌ってる姿にギャップがありすぎるけどな」

島川の言葉にはおおいにうなずけた。歌うリンの姿はテレビの向こうのタレントのように距離を感じた。しかし、実物の彼女はただのどうしようもない親不孝娘だった。

歌がサビに入る。声はどんどん澄んでいく。いつのまにか譲も体を揺らしてリズムを取っていた。プロフィールにあった通りに「フラワー」というあのCDが絶賛発売中ならば、購入してもいいかもと思ったくらいだ。

ところが、歌が二番に入ったあたりから体を揺らすのをやめてしまった。リンが歌う「マザー・ロード」はいい曲だ。でも、引き込まれるほどじゃなかった。歌の世界に浸り切れずに、立ち尽くすような感覚がある。譲は特定のバンドやアーティストのファンというわけではないが、気に入った曲があれば洋楽・邦楽関係なくCDは買うし、ネットで購入してダウンロードすることもある。それらの曲と「マザー・ロード」のあいだには、明確な線があるような気がする。ずばり言って、リンの曲は聞いていて物足りなかった。

アコースティックギター一本で歌っているから物足らないのだろうか。バンド編成で音の厚みが増せば、もう少し聞けるのだろうか。あるいはCDなどの音源からきちんと収録したものを聞けば、プロの楽曲のように楽しめるのだろうか。

「うーん」

島川が唸《うな》った。やはり物足りなさを感じているようだった。

「最初はいいと思ったんだけどな。いまいち飽きるな」

「なんなんでしょうね。ぼく音楽をちゃんとやったことないから音楽的に説明できないですけど、なんか物足らないですよね」

「うん、物足らないわ。声はいい。メロディーもキャッチー。なのに心をつかまれない」

ふたりで腕組みをして唸った。ディスプレイの中のリンは心地よさそうに目をつぶって歌っている。このライブ会場で聞いている人はどうだったのだろう。ノリノリで聞いていたのだろうか。それとも自分や島川のように腕組みをして渋い気持ちになっていたのだろうか。

「置いてけぼりなんですよね」

つぶやくと、島川がおおいにうなずく。

「そうそう、聞いている人間を置いてけぼりで、歌ってる本人は楽しげなんだよ。自分の世界に入っちゃってるっていうか」

「あ、わかりました」

なぜこうも置いてけぼりにされるのか。酔いしれつつ歌うリンを眺めながら、譲はやっとわかった。

「なんだよ」

「歌詞ですよ。歌詞が全然伝わってこないんです」

「なるほど、それだ！」

スマホのスピーカーの音質がいいために、声のよさは伝わってくる。先ほどのMCのおかげで、「マザー・ロード」がなにをテーマにした歌なのかもわかっている。それなのに歌詞がまったく印象に残らない。ときどき「飛びっきりのスカイブルー」とか、「どこまでも続く地平線」なんて単語が聞き取れるが、どれも手垢にまみれた歌詞ばかりで、歌い手であるリンがなにを願い、なにを求め、なにを訴えたい歌なのか、さっぱりわからない。せめてアメリカの大地を前にした臨場感くらい伝わってくればいいのに、ルート66の写真を載せたカレンダーをトイレで見かけた程度の縁遠さしか感じられなかった。

「奥行きがない。深みがない。シンガーは表現者のはずなのに、伝えたいことの肝《きも》がないんですよ」

譲がばっさりと切ると、島川は感心した顔つきになって拍手した。

「さすが文学部。批評が的確」

「文学部じゃないって言ったじゃないですか」

実際は人文系の学部の言語コミュニケーション学科の中にある日本文学専攻だ。

「おれ、専門学校しか出てないからそこらへんのことはよくわからねえけど、ともかく歌に関しては譲の言う通りだよ。歌詞が薄っぺらいよな。だから声やメロディーでのつかみはOKなのに、はまっていけなくて飽きるんだな。うーん、残念！」

残念な理由がわかってすっきりしたのか、島川は上機嫌でビールを飲んだ。譲も横目でリンの動画を観ながらビールを飲む。シンガーソングライターとして活動して五年が経つというのに、なぜいまだに芽が出ないのか、メジャーデビューできないのか、その理由がわかってしまった。リンの底の浅さを見抜いてしまった。申し訳ないような、痛々しいような気分になりながら飲むビールはやけに苦い。

歌い終わったリンが興奮冷めやらぬのか、早口でまくし立てていた。

「あたしね、世界は変わるって思ってるんだ。ひとりひとりの心の中が変われば、絶対に世界はいいほうへ変わる！　その変わるきっかけがないから世界は悲しいままなんだよ。だからさ、あたしがきっかけを生むような歌を作っていこうって思ってんの。このあたしが世界を変える歌を作るの！　みんなそれまでついてきてくれるかな？」

まばらで気のない拍手が巻き起こる。それでも動画のリンは満足げに笑っていた。

ふすまを一枚隔てた向こうの部屋から、島川のいびきが聞こえてくる。アルコールが入った日の島川のいびきはかなりうるさい。その騒音さながらのいびきを聞きながら、譲はメモ帳に日記を書き込んだ。毎日一ページ必ず書く。一年前から自分に課していることだ。みかんアルバイターとして愛媛に来てからは、布団に入ったあとうつ伏せになって書くのが習慣となっている。

メモ帳は罫線《けいせん》の入っていないプレーンタイプだ。細かい字で書くとなかなか埋まらない。しかし今日はリンという闖入者《ちんにゅうしゃ》のおかげで三ページも書いてしまった。

書き終えて眠る前に携帯を取り出す。リンがブログでどんな日記を書いているかチェックしてから眠ろうと思ったのだ。

〈シンガーソングライター、ＬＩＮ―燐のそのまんまダイアリー〉

ブログタイトルにある「そのまんま」に言葉のセンスのなさを感じる。更新はだいたい五日に一度のペース。予想はしていたが日記のくせにほとんど文章はなくて、一文から次の一文まで平気で五行分くらいの空白があり、絵文字と顔文字が必ず文末に添えられ、日記の最後にはセンスのかけらもない携帯カメラによる画像が載せられていた。

担々麺《たんたんめん》を食べた、新しいシャンプーを買った、DVDを借りてきた、欲しい靴がある、期間限定販売のスペシャルハンバーガーを食べたい、などなど他愛もない話題ばかり並ぶ。リンに興味がなければどうでもいい話題ばかりで、読んで感心するようなことはなにひとつない。

一ヶ月ほどさかのぼって読んでみたが、面白味を感じられなくて眠くなった。一応、読者はいるらしい。ふたりの人間がときどき日記に対するコメントを書き込んでいた。ひとりは「みそ吉」と名乗っている。もうひとりは「練馬《ねりま》のミドリの狸《たぬき》」とある。彼らはリンのファンであるらしい。ワンピースを着てボブというお嬢様のリンなら、こうした男性ファンがついてもおかしくはない。では、あのオレンジ頭にしたときはどう思ったのだろう、とさらにさかのぼっていくと、〈髪切った！〉という日記のタイトルに行きついた。日付けは十一月一日。

〈髪切ったどーーーー。どうかな、オレンジ！〉

貼られた画像は美容室の椅子《いす》に座ったリンが、鏡に映った自分を携帯で写しているものだった。まずみそ吉がコメントを書き込んでいた。

〈かっこいい！　最高！　前のリンちゃんもよかったけど、ニューリンはかっこいい路線なんですね！〉

ニューリンはいかんだろう、ニューリンは。

リンの日記は総じてなんの捻りもないのだが、もらっているコメントの文章も思いつきだけの意識の低いものに思えて、譲の心を寂しくした。続いて練馬のミドリの狸からもコメントがあった。

〈オレンジの髪かっけー。アーティスティック！〉

この軽いノリがリンとファンのやり取りでは普段の調子なのかもしれない。けれど、こう言っては失礼だがあまり頭のよさそうなやり取りには思えない。

島川と観た動画で、世界を変える歌を作るとリンは語っていた。理想が高いことはいい。しかし、現実はふたりのファンがときどき書き込みをしてくれる程度の影響力しかない。この理想と現実のギャップがますます譲を寂しくする。

日記の端々からも、リン本人のいっぱしのアーティスト気取りが読み取れた。痛々しくて読み続けられそうにない。明日の仕事もハードだし、早めに眠っておこうとブログを閉じようとしたとき、「すべてのコメントを読む」という表示に気づいた。クリックすると、みそ吉と練馬のミドリの狸に宛てたリンからの返事があった。

〈オレンジ色、褒めてくれてありがとう！　最初はあたしも迷ったけど、ただのベリーショートじゃインパクトが足らなくてさ。それでオレンジ。イメージはみかん。なんてったってあたし愛媛の真穴出身だからね！　みかんの町、愛してるからね！〉

ピンク色のハートマークが十個ほど並んでいた。

リンは故郷を愛していたのか。でも、お父ちゃんにもお母ちゃんにもまったく伝わっていなかった。ふたりはこのブログの存在を知らず、リンの故郷への思いにも気づいていないのだろう。

行き違いが悲しい。リンの空回りも悲しい。彼女の故郷への思いはどこにも届かなかったことになる。

ブログを閉じて、携帯を布団の外へ置く。掛け布団を頭までかぶった。リンという子はそんなに悪い子じゃないような気がしてきた。

3

おやつ休憩でみんなとお茶を飲んだあと、ひとり離れて昼寝することにした。昨晩の島川のいびきが格別にうるさくて、なかなか寝つけなかったのだ。

地面に仰向けに倒れ、顔にタオルを載せて眠る。十二月なのに寒くはない。強い日差しが降り注いで暑いくらいだ。おいしいみかんが育つのも当然といった暖かさだった。

いったい何分眠ったのかわからない。急に顔に載せておいたタオルが取り除かれた。驚いて目を開けたが、まぶしさに目をつぶる。目を凝らすとすぐそばに誰かがしゃがんで顔を覗き込んできている。

「なーに、さぼってんのよ」

ひと声聞いてわかった。リンだ。がばりと起きた。

「いや、いまはおやつ休憩でさぼってるわけじゃないよ」

「あ、そう」

リンは地面に腰を下ろして胡坐《あぐら》をかいた。髪はオレンジだし、眉はほとんどなくて申し訳程度にある毛もオレンジ色だし、きれいな顔をしているのに妙な威圧感が出てしまっている。こわごわと尋ねた。

「君は家の手伝いをしなくていいの」

今朝は譲たちが朝食を食べ終えたころ、リンが起きてきた。だらしないスウェット姿で、ベリーショートなのに寝ぐせがついていた。敏弘がリンを無視するものだから、誰もリンに声をかけられない。大きなあくびをしたあと、「寝るわ」とつぶやいてリンは自分の部屋に戻っていった。あれから昼過ぎまで寝ていたのだろう。

「手伝い？　そんなのしないよ」

「でもいまはいちばん忙しい時期だよ。手伝ったらお父ちゃんもお母ちゃんも助かるでしょ」

自分の両親をお父ちゃんお母ちゃんと呼ばれて、いら立ったようだ。リンは鼻で笑った。

「あんな人たちを助けるつもりなんて、さらさらないね。人の髪を馬鹿にするような親なんてさ！」

髪色を非難されたことをまだ根に持っているようだ。リンはそばの木に手を伸ばし、乱暴にみかんをもいだ。

「たしかあんたの名前、譲だったよね」

あんたって。一応、ひとつ年上なのに。

「そうだけど」

「みかんはさ、見た目じゃないって譲もわかってるでしょ。このバイトやってんだからさ」

「そりゃあ、まあ」

というより呼び捨てかよ。

「虫キズや風キズがつくこともあるし、黒点病《こくてんびょう》に罹《かか》ることもある。けど、中身は無事でおいしいよね？」

みかんの花は五月に咲く。そのころ花に集まった虫が足跡をつけると、みかんが大きく育ったときに目立った傷となってしまう。同じころに風で受けた傷が風キズだ。黒点病は枯れ枝からの菌《きん》がみかんに侵入し、みかんがその菌に抵抗した結果、表皮に粉末状の黒点ができてしまう。しかし、味や栄養価などの品質に関してまったく問題ない。要は見栄えの問題で、黒点は農薬に頼っていない証《あかし》でもある。

「うん、おいしいと思うよ。全然問題ないって君んとこのお父ちゃんに教わったし」

「あたしも親父にそう教わったよ。見栄えじゃねえ、中身だって。だけど人の髪色であだこうだケチつけてきやがって。結局、見た目じゃねえか！」

悔しいのかリンはみかんの皮を剝《む》くと、ひと房ごと分けることもせず、たったふた口で押し込むようにして食べた。女っぽさのかけらもない。

「くそー」

急にリンが立ち上がった。皮を思いっきり前方へ投げる。海を目がけたかのようなダイナミックなフォームだ。しかし海までは数百メートルある。届くはずもなく三メートルほど先でべちゃりと落ちた。

「親父のやつめ」

リンは両手を握って海を睨《にら》みつけた。その横顔を見ているうちに、彼女がみそ吉と練馬のミドリの狸に返したコメントを思い出した。髪色はみかんをイメージしてのオレンジだったこと。この真穴という土地を愛していること。

愛は空回りしてしまったわけか。それどころか両親には馬鹿呼ばわりされてしまったわけか。

なんだか不憫《ふびん》になってきた。

「ぼくはそのオレンジいいと思うけどな。みかんの色でしょ？　似合ってると思うよ。この真穴っていうみかんの町出身だってアピールできるんじゃないかな」

はっとしたようにリンは譲に顔を向けた。

「わかる？　そうなんだよ。みかんをイメージしてのオレンジなんだよ」

「ああ、やっぱり」

さっそくブログを読んだなんて言ったら気味悪がられそうで、笑顔で取り繕《つくろ》った。

「だよなー。わかるよなー。でも、うちの親父みたいな田舎もんには伝わんねえんだよ。このセンスはわかんねえんだよ。あたし、この町の出身だってことに誇りを持って東京で歌ってたんだよ。そういうのも全然わかんねえの、親父たちったら。あ、そういや譲ってどこの出身？　みかんアルバイターってことは遠くから来たんだろ」

「東京だけど」

「マジ？　東京のどこ」

「野方《のがた》ってところ。わかるかな」

「ええ！　マジで？　あたしも野方だよ！」

「本当？」

「中野《なかの》の親戚の家を出てアパート探してたらそのあたりに安いとこあってさ。じゃあ、あの駅の近くのミヨシ食堂って知ってる？　食堂って言っても飲み屋でさ、二階でライブもやらせてもらえるの」

「知ってるよ。串焼《くしや》きがおいしいところでしょ」

「そう！」

　思わぬ共通項があったもんだ。話をすり合わせてみると、お互いのアパートはだいぶ近いらしい。同じ町内だと判明した。リンは大興奮となって手を叩き、譲の隣に腰を下ろした。いっしょに海を眺める。

「すげえな。こんなことってあるんだな」

「もしかしたら、ゴミの収集場でぼくとすれ違ってたかもね」

「それはないね」

　ぴしゃりとリンが言う。

「なんでさ」

「あたし、ほとんどゴミ捨てないもん。部屋ん中、ゴミだらけ。捨てるとしても真夜中だから」

　おいおい、とツッコミを入れそうになったが踏みとどまる。いつのまにかリンのペースに乗せられていた。まだツッコミを入れるほど親しくなってはいない。

「どうして譲はみかんアルバイターに来たの」

　すっかり呼び捨てだ。この馴《な》れ馴れしさゆえにツッコミを入れそうになったんだな。気をつけよう。冷静になって、ちょっと突き放すように返した。

「どうしてって？　なにか理由がないと来ちゃいけないもんなの」

「だってさ、みかんアルバイターってだいたいふたつのタイプに分けられるんだもん。ひとつは自分探し。もうひとつは傷心。ハートブレイクね」

傷心という言葉にどきりとする。別れた彼女の顔がちらついた。

「いや、どっちでもないよ。みかんの収穫に興味があったんだよ。小さいころからみかん好きだったんだ。愛媛のみかん大好きだったんだよ。ひとりでひと箱食べちゃって親に怒られたこともあったなあ」

しゃべりながら額に汗が滲《にじ》んだ。人は嘘《うそ》をつくとき多弁になるって本当かもしれない。嘘がバレていないかリンを横目で窺う。

「ふーん、そっかー。みかん大好きなのか。それなら、いまの状況は譲にとって天国みたいなもんだね」

「へ？」

「へ？　じゃないよ。みかん大好きな譲には、みかん食べ放題のこのバイトは天国でしょうが」

発育状態のよくないみかんは間引く。そのまま地面に捨ててしまうのだが、その場で食べてもいいと言われた。たしかに食べ放題だ。

「そうだね。天国だね」

座ったままぐるりとみかん畑を見渡した。太陽の光が降り注ぐオレンジ色と緑色の楽園だ。

「自分探しでこんな四国の端っこに来るなっつうんだよなー」

リンは雑草をぶちぶちと引きちぎる。自分探しに来る人たちを面白く思っていないらしい。

「けどリンはこの町が好きなんでしょ。たくさんの人たちがこの町でなら自分を見つけられるかもってやってくるのは、喜んでもいいことなんじゃないの」

「違うよ、違う。あたしが言いたいのは自分探しなんかしてんじゃないよってこと。自分探しってそもそもなに？　じゃあ、いまそこにいるあんたは誰なのさ。探さなくたってそこにいるじゃん」

世間で言うところの自分探しを、リンは根本的にわかっていないようだった。

ブログで見たバイオグラフィーによれば、中学校三年生のときに、一生歌って生きていこうと決心したとあった。その一年後には上京。動画では世界を変える歌を作ると豪語していた。つまり、リンは十五歳のときから目標を定め、シンプルでまっすぐに生きてきたわけだ。そりゃあ、自分が見つからない人間など理解できないだろう。

「譲はさ、将来なにになりたいの。なにをしたい？」

ずばり訊かれてたじろぐ。けれど、旅先の恥はなんとやらだ。照れくさかったが言った。

「文章で食べて生きたいんだ」

「小説家さん？」

「率直に言っちゃえば旅のライター。自分で見た景色を、自分の言葉で語って、写真やイラストも自分でやって、本が出せればいいと思う。この広い世界と向き合って、自分というフィルターを通した結果を、本といった形に残せたら最高と思うんだよ。だから必ず毎日その日にあったことを文章にして残してるんだ。どんなことに出くわしても言葉にできるようになりたいからさ」

「へえ」

リンは体育座りの姿勢で、首を傾《かし》げて笑った。

「あたし、いまみたいに人が夢を語ってくれるのって好き」

「そう？」

譲は苦手なほうだ。誰もが夢を持っているのだろうが、叶《かな》うのはきっとひと握りの人間だけ。若いうちに大きなことを言っておきながら、しがないサラリーマンになるほうが大多数だ。だから同じ大学に通う周りの人間には話したことがない。だって将来誰かに指摘されたらいやじゃないか。「おまえ、文章で食べていきたいって言ってたよな」なんて。

「あたしね、人の夢を聞くと勇気が湧《わ》くんだ。よし、自分も頑張ろうって」

「わからないでもないけど」

「だからさ、逆に自分を探さなくちゃならない人って苦手なんだよね。三十歳になっても四十歳になっても自分を探してる人っているじゃん？　馬鹿じゃないのって思う」

「いや、人にはそれぞれ事情があるし、それまで頑張ってたことがつらくなって、本当の自分はこれじゃないって立ち止まって考える人もいると思うよ」

たしかにリンの指摘通り、みかんアルバイターには自分探しの人間が多い。懇親会や飲み会で、目を輝かせて「いま自分探しの旅の途中なんです」なんて話す人もいる。だからこそ、リンの発言がこの土地じゃ危うく思えたのだ。しかしリンはうんざりというふうに言った。

「だーかーら、本当の自分とか、そもそもないんだってば。そこにいるあんたが本当の自分なんだって」

言い返そうと思ったけれど、リンの言いたいことがあながち間違っていない気もした。

本当の自分なんていないのだろうか。それは勝手に描いた理想の姿で、近づけないから苦しむのであって、実は本当の自分なんかじゃないのかも。

「けどさ、あたしが思うにもっと厄介《やっかい》なのは傷心でやってきたやつらだよ」

リンが急に鼻息を荒くした。

「厄介ってなんで」

「うちみたいなみかん農家は働き手が欲しくて募集かけてんだよ。なのに癒《いや》されに来るなって。あたしはむかしからあいつらを傷心組って言ってんだけど、傷心組ってどっか暗くて、しみったれてるの。人んちに働きに来ておいて、じめじめするのはやめろって。あいつらがいるだけで湿度が五十パーセントは上がるね」

「もうちょっと大目に見てやってもいいんじゃないかな。そういう人たちがこの土地で太陽を浴びて、みかん取って汗をかいて、元気になって戻っていくってことは、この真穴っていう土地の力なんだしさ。リンも誇らしいでしょ」

「太陽浴びて、働いて汗かいて、元気になれるくらいだったらはるばる愛媛の端っこまで来んなって」

「傷心した土地から離れたいって思うこともあるだろうし、離れて遠くの土地から見てやっと見えてくるものだってあるかもしれないよ」

「なんだよ、譲。やけに傷心組の肩を持つな」

リンがほとんどない眉をひそめた。

「い、いや、そういうわけじゃ」

傷心組であることがバレただろうか。

「リンが厳しいからだよ。自分探しの人にも傷心組にもさ」

言ってから思った。そうなのだ、リンは厳しい。

自分探しの人に対して厳しいのは、彼女が固い決意のもとシンガーソングライターになったことから理解できる。しかし、傷心組に対してまで厳しくなくてもいいんじゃないだろうか。

よくよく考えてみれば歌い手である彼女のほうこそ、傷心の人間へのやさしい眼差《まなざ》しが必要なはずだ。そのあたりの心の機微をすくい取って歌詞にしなくちゃいけないはずだ。なのに、なぜこんなにばっさりと切り捨てるのだろう。

「厳しい？　あたしが？」

心外とばかりに訊き返された。両手を広げてのゼスチャー付きだ。じっと譲を見つめて目をそらさない。返答によっては怒らせてしまいそうだった。

こういう話がこじれていきそうな分岐点が苦手だ。耳の奥で事なかれ主義という島川の声がにじむように聞こえる。だが、イエスマン田中が勝手にしゃべり出していた。穏やかに、語尾をやさしくゆるませながら、なだめるように。

「いや、だからさ、責めてるわけじゃ全然なくて、なんとなくだけど厳しいかなあって感じただけだよ。それにリンはシンガーソングライターなわけでしょう。だったら、傷心の歌も作っていかなきゃいけないんじゃないかなあって思ってさ。やっぱり歌でもテレビドラマでも小説でも、女性の客がつかないと売れないわけじゃん。だから傷心の歌を作るには、傷心組は観察するうえでいちばんの対象であるわけで、厳しく遠ざけるだけじゃなくて、接してみるのもいいんじゃないかなあ、なんて」

しゃべりながらも、相手をなんとか丸め込もうと必死な自分に自己嫌悪だ。いったい自分はなにを恐れているのだろう。しかも年下の女の子にこんなふうに気を遣って。

「なるほどね」

リンが腕組みをする。危機は回避できたらしい。ほっと胸をなで下ろす。

「あたしあんまりラブソングを作らないからさ」

「そうなの?」

「苦手なんだよね。だけど、やっぱりもっといろんな人に聞いてもらうには作ったほうがいいんだろうなあ。特に女子のファンを獲得するには失恋ソングとかがいちばんだろうし。あたし、女子のファンっていないんだよ」

　というかブログのコメント欄を見るかぎり、みそ吉と練馬のミドリの狸以外にファンが見当たらないのだが。

「だったら、みかんアルバイターのいる場所にもう少し顔を出してみたら？　飲み会とかさ」

「めんどくさいなー。みんな弱すぎるんだよ。自分が見つからないとか、ふられて落ち込んでこんなところまでやってくるとか、弱いって！　もっとタフになんなきゃ」

　リンが吐き捨てたとき、後ろから声が聞こえた。

「おーい、譲。そろそろ休憩終わりだぞ」

　島川だ。そばまでやってきてリンを指差す。

「おお、路上の歌姫じゃん。手伝いに来たのか」

　路上の歌姫なんて言葉を出したら、リンのブログのプロフィールを見たことがバレてしまうじゃないか。譲ははらはらしてリンを見守った。しかし、島川の言葉には引っかからなかったらしい。

「手伝うはずないじゃないですか」

　にこにこ笑いながら島川に返す。譲には使わなかった敬語を島川には使っている。路上の歌姫と言われたことがうれしかったようだ。

「ま、二宮家のお嬢様だから、手伝わなくてもいいわけか」

「お嬢様なんて、そんな柄じゃないっすよ」

答えながらもリンはご機嫌だ。自分のブログを見られていることに気づきもしない。そこまで考えが回っていないのだろう。歌姫と言われたくらいでこんなに浮わつくなんて、あのプロフィールがメッキ仕立てと自ら言っているようなものじゃないか。

「自分でギター弾いて歌うんだろ？　だったら一週間後のみかんバイトの打ち上げで歌ってくれないかな。余興的なもんとして何曲かどう？　ステージも用意するよ」

島川の言葉にリンの目が輝いた。

「え、ほんとにあたし歌っていいの？」

「もちろん。いいよな、譲」

みかんアルバイターは十二月半ばくらいに仕事納めが来て、クリスマス前には完全に撤退する。島川によれば、毎年最後に慰労会のような打ち上げをするのだという。世話になっている農家によって仕事納めの日取りは異なっていて、早い家だとまもなく帰るアルバイターもいる。譲と島川が世話になっている二宮家は、ほかの多くの農家と同じく残り一週間。今年は島川が幹事となって大きめの打ち上げを行うそうだ。

気がかりな点はある。さっきのリンの口ぶりからすると、彼女はみかんアルバイターを快く思っていない。アルバイターのみんなと会ったときに、自分探しや傷心組を小馬鹿にしないだろうか。

「いいんじゃないですか。歌ってもらいましょう」

心配はあるがイエスマン田中が即答していた。

「オーケー。決まりだな。細かいことはあとで伝えるからさ」

「うおー、マジっすか。あたしなんかやる気出てきましたよ。東京からこっち帰ってきてしょぼくれてたけど、ステージがあるとなったらやっぱ歌いたいですしね！」

リンは立ち上がり、海に向かってガッツポーズだ。島川も満足げに眺めている。リンの歌を飽きるとか、残念と言っていたのに、なぜ歌ってくれなんて頼むのだろう。馬鹿にしていた人たちの前で歌うことを喜ぶリン。馬鹿にしていたシンガーソングライターに歌ってと頼む島川。譲にはこういう表裏の差が理解できない。

世界はもっといい加減なものなのだろうか。自分が細かすぎるのだろうか。譲ひとりが表裏の差や境目や、いい加減さの割れ目に立ち会わされて、気を遣ったり、調整させられたりしているような気がする。そして立ち会うものの多くが手に負えないものばかりだ。だから気づくとイエスマンになっているのだ。

本当にこれでいいんですか。違うんじゃないですか。駄目だと思います。

これらの飲み込んでいる言葉の多さで、ずっと食傷気味なのだ。

4

一週間後、八幡浜市内のカラオケパブ、マンダリンナイトを借り切って、みかんアルバイターの打ち上げが行われた。世話になった農家とのお別れ会もあるし、みかんアルバイターだけの打ち上げもある。そうしたなかで島川が企画した打ち上げはもっとも大きいもので、アルバイターは三十人も集まった。

スタートは夜の六時半。幹事である島川が音頭を取って乾杯をし、誰もが日に焼けた顔に大きな笑みを浮かべてビールや焼酎《しようちゆう》を飲んだ。

マンダリンナイトは昭和の香りが漂うお店だ。カウンターの向こうでは譲の父くらいの年齢のマスターが注文をさばいていて、三十代前半と思われるフロアレディの麻美《あさみ》が料理を気怠《けだる》そうに運んでいる。

リンの出番は七時からの三十分。リハーサルは夕方に済ませてあるらしく、店内の小さなステージにはすでにマイクとアンプが設置されている。出番まではカウンター内側の丸椅子に座って待機するそうで、歌詞カードに目を落としてぶつぶつやっている。

「本当に大丈夫なんですかね、リンは」

アルバイターたちが盛り上がるなか、譲は島川のそばに立って耳打ちした。今回の打ち上げは島川が企画したもの。同じ二宮家で世話になる者同士、譲も企画者寄りの立ち位置にいて、マンダリンナイトへ島川が挨拶に行くときもいっしょだった。リンのステージを三十分間と決めたのも島川だ。ただ、三十分間も場が持つのか譲には心配でならない。島川がインターネット上にあったリンの動画を探してくれて、いくつか観てみたのだけれど、どの歌もいまいち内容の伝わらない歌詞ばかりでやはりどこか退屈で残念だった。

「大丈夫だよー、大丈夫」

すでに酔い始めているのか島川の声はうわずった。島川の「大丈夫だよ」が出たことで、いっそう警戒を強めてしまう。

「島川さん、言ってたじゃないですか、あの子の歌は飽きるって。残念って。みんなも飽きちゃうんじゃないですかね。しかも三十分も持ち時間あげちゃったし」

「譲は心配性だな。みんな酒が入ってるから大丈夫だよ」

この日二度目の「大丈夫だよ」だ。

「そうですかねえ」

「余興があるほうが盛り上がるし、思い出にも残るだろう。たとえ盛り下がっても、そのあと九時までこの場所借りてるんだから、飲んで騒げば全部チャラだよ」

毎年こうした打ち上げは行われているらしい。島川は今年初めて幹事を務め、例年よりも思い出に残る面白いものをという思惑があったようだ。だから、リン。逆に悪い意味で思い出に残らなければいいけれど。

リンの出番までの三十分はあっという間に過ぎた。譲は誕生日を迎えてから三ヶ月。律儀に二十歳になるまでアルコールに手を出さなかったせいか、体質のせいか、いまひとつ酒をおいしく飲めない。しかたないのでいつも苦いビールをちびちびやっているが、今日はことさらビールが苦い。

七時となり、島川がステージに立ってマイクを持った。酔って赤らんだ顔で、意気揚々と話す。

「では、いよいよ本日のゲスト、リンの登場です。彼女はこの八幡浜が生んだシンガーソングライターです。東京でも活動しております。今夜は彼女の美声をぜひぜひご堪能《たんのう》ください！」

ハードルを上げやがったな。譲は真っ暗な気持ちになった。リンをこの打ち上げにブッキングした点で島川も譲も同罪。盛り下がったら冷ややかな目で見られるに違いない。しかもリンはこの場にいるみかんアルバイターたちを見下している。楽しいステージになるはずがない。盛り下がった場合、険悪なムードになることもあるかも。

悪い想像ばかりしてしまって、胃がしくしくと痛くなってきた。できることならこの場から逃げ出したい。お父ちゃんやお母ちゃんから呼び出しでもあって席を外せないだろうか。

「はーい、どもども」

カウンターからリンが出てくる。緊張もしていない。肝が据《す》わっているタイプなんだろう。みかんアルバイターたちから「かわいい」の声が飛ぶ。リンはご機嫌な様子で手を振ってみせた。十センチほど高くなっているだけのステージに上がる。

打ち上げまでの一週間、リンはみかん畑にふらりとやってきては、なにをするでもなくぶらぶらして帰っていった。二宮家では総スカン。お父ちゃんもお母ちゃんも、リンなどいないかのように過ごしていた。島川によれば、みかんの収穫という一年でもっとも大変で大切なときに、余計なストレスを背負い込みたくないのだろう、とのこと。リンは誰からも相手にしてもらえないので、みかん畑まで散歩に来ていたのだろう。

二宮家のストレスの原因であるリンが、軽やかな足取りでステージに向かっていく。

照明が落とされ、ステージがライトアップされる。

譲としてはもはや盛り上がるかどうかより、無事に終わればいい気がしてきた。九十万円も盗んで行方をくらますような跳ねっ返りだ。今夜、客の反応が芳《かんば》しくないからといって怒り出すことだってあるかもしれない。

リンはギタースタンドから愛用のアコースティックギターを手にし、ストラップを肩にかけた。用意されていた椅子に腰を下ろし、チューニングを確認する。

「いいギターだな。ギルドだろう。しかもヴィンテージ」

アルバイターの中から声が飛ぶ。アルバイターとして年長組に入る四十歳前後の男性だ。ギターに詳しいらしい。リンは微笑《ほほえ》み、マイクに向かって小声で答える。

「正解」

「F50か」

「そう、メイプルでできたやつ。かーなーり良質のハードメイプルっす」

「女の子が珍しいな！」

ギター談義が長引きそうなところに、島川が割って入った。

「女の子が使うには珍しいギターなんですか」

「ギルドは男っぽいギターだからな。がっちりしているしな。むかしはマーチンとギブソンと並んで御三家なんて言われてたけど、いまはすっかり落ちぶれちまってさ。けど、いいギターだよ。ズゴーンとまっすぐに力強い音が出て、やさしくフィンガーピッキングすれば繊細さと素朴さが絶妙にマッチした音が出るんだ。姉ちゃん、そのギターどうした？　七〇年代のものじゃないのか。親父さんからもらったりしたのか」

あくまでもリンと話したいらしい。

「親父？　ぜんぜんそんなんじゃないすよ。とある男の人がくれたの。七三年製って言ってたかな。でかくて弾きにくいときもあるけど、最近なんとか仲良しになってきたんすよ。あたし、体のわりに手が大きいから、なんとかね」

とある男の人。バイオグラフィーでも「とある」が繰り返されていた。たしか中学校一年生のときに、とある人の影響でギターを始めたと書いてあった。とある人と、とある男の人。これって同一人物じゃないのか。

リンは試奏したあと咳払《せきばら》いをした。マイクに向かって軽く発声練習する。

「お待たせいたしました。こんばんは、リンです。今日はお招きいただき、ありがとうございます。いまから三十分のステージとなります。楽しんでいってくださいね。あたし、先週まで東京にいたんですよ。で、この愛媛にいまちょっと戻ってきてるんですけど、そのあいだに作った曲です。できたてほやほやの新曲っすよ。聞いてください。

『ドリーマー』」

いきなりその曲かよ。危うく譲は悲鳴を上げそうになった。おととい、リンがふらふらとみかん畑にやってきた。譲は仕事の真っ最中だったのに、リンにつかまってしまった。

「あたしさ、打ち上げのステージで新曲をやるんだ。それで歌詞を書くのにいまちょっとわかんない漢字あるから教えてよ。あんた、東京のけっこういい大学の文学部に通ってんでしょう」

「文学部じゃないんだけどね」

譲の言葉など耳に入っていないのか、リンは返事もせずにスマホを取り出し、メモ帳機能のアプリを起動して歌詞を見せてくれた。「ドリーマー」とタイトルがつけられていた。

坂道を下り
海に出て
夕日を浴びて出発したの
ここにはなにもない　ここにはすべてがある

見つけられるかは自分しだい
あたしはドキドキしながら見送るよ
あなたはドリーマー　あたしもドリーマー
世界を変える夢を見ようよ

動画で聞いた「マザー・ロード」の歌詞も内容が不明瞭《ふめいりょう》だったが、こちらの「ドリーマー」もまたわかりづらかった。文字で見せられているのに、なにが歌われているのか頭に入ってこない。というより、ほとんど意味不明だ。そして、出た、と思った。動画でも言っていた「世界を変える」だ。志は高いほうがいい。けれど、いくらなんでも大風呂敷《おおぶろしき》すぎるんじゃないだろうか。歌詞に盛り込むにしても直接的すぎるし。

首をひねってしまいそうになるのを必死にこらえて、譲は穏やかに尋ねた。

「わからない漢字ってどこかな」

「しだい、だよ」

「そのスマホで歌詞を書いてるなら、漢字変換してくれるでしょ」

「一応やってみたけど合ってるかどうかわかんないから、訊いてるんでしょうが」

なぜか怒られた。なんで物を教わる側の人間が、上から目線なんだろう。理不尽な気がしたが「次第」と漢字を教えてやる。

「おお、サンキュー」

「ひとつ訊きたいんだけど、これ、なにを歌った曲？　どういう情景？」

「え、わかんないの」

「前半じゃ出発したって歌詞があるのに、後半でドキドキしながら見送るって。どっち？　ここにはなにもないってあるけど、すぐそのあとにすべてあるって。これもどっち？」

リンの表情がむっとしたものに変わった。

「前半はね、好きな人がこの愛媛の土地を旅立っていくところを歌詞にしたの。だから、後半は見送るあたしがドキドキしてんの。その人にとってはこの土地には夢がないの。だけどあたしにはあるの」

「ドキドキって？」

「お別れは寂しいけど、お互いに夢を追うドリーマーだからね、ドキドキしながら見送るってことだよ」

さも当然のようにリンは言い切ったが、ここまで説明されてやっとわかってくる歌詞ってどうなのだろう。人が旅立っていくなんてまったく書かれていない。その人を好きなことも書いていない。関係性が見えてこないんだな。「旅立つあなた」とか「去っていく君」とかあればわかるのに。そのお別れを寂しく思っていることも歌詞にはないし、ドキドキしながら見送るって表現も変だ。歌う側の人間の姿が、いっこうに見えてこない。

聞く人はこの歌詞のどこに自分を重ねればいいのだろう。「世界を変える夢を見ようよ」に至っては、もはや遠ざけられた感がある。

「文学部のくせに文章を読み取る力がないんじゃないの？」

「あのね、文学部じゃないの」

「細かいこと言わないの。それより、ほら、なんて言ったっけ。そういう読み取る力」

「読解力？」

「そう、そのドッカイリョク」

初めて発音したのか、たどたどしい。歌詞がわかりづらいのは、どう考えても彼女の国語力に問題があると思う。

ツッコミどころが多すぎて、譲がなにもコメントできなかったあの「ドリーマー」を、今夜は一曲目に歌うというのか。共感もなく、深みもなく、内容も理解しづらく、絵も浮かんでこないあの歌を。

みかんアルバイターたちの興冷めな様子が想像できて、譲はカウンター入口の柱の陰に隠れた。フロアレディの麻美が腕組みをして立っていて目が合う。ピンクのタイトなジャケットに、金のラメがちりばめられたパールカラーのワンピース。譲には馴染《なじ》みのない水商売特有のやさぐれ感が漂っていて、見てはいけないもののように思えてお辞儀をして目をそらした。

ステージで「ドリーマー」の前奏が始まった。歌詞を読んだかぎりでは暗くて切ない曲調かと思っていたが、実際にはメジャーコードで明るい曲。歌詞と曲調のちぐはぐさにいち早く気づいてしまった譲は、ひとり立ちくらみのようなものを覚えた。

もう駄目だ。盛り下がるのは決定的だ。そっと店から逃げてしまおう。酔って具合が悪くなったとあとで言い訳すればいい。

入口ドアに目をやったとき、リンの歌が始まった。

すっと歌声が伸びていく。高音が軽やかに響く。その美しさに、譲は踏み出しかけていた足を止めた。

やはり、いい声をしている。リンの声は本物だ。みかんアルバイターたちの誰もが息を飲んで見守っていた。

演奏もうまい。本当にいいギターなのだろう。強い音色がリンの歌声を支える。そして、繊細に奏《かな》でれば、やさしくリンの歌声に絡んだ。

　あなたはドリーマー　あたしもドリーマー

　なんだそれ、と思っていた歌のサビが、いまはやけに感動的に聞こえた。文字で見たときは歌詞の安っぽさにげんなりしたのに、声が加わり、ギターが支え、メロディーをともなうと、メッセージ性を帯びて聞こえた。

　歌が二番に入る。自然と手拍子が起こった。体を揺らして聞いている人もいる。そして歌が終わったときには、盛大な拍手が彼女を包んだ。

「ありがとう、ありがとう！」

　リンは大きく手を振って笑顔を振りまく。喝采《かっさい》に動じることもない。ステージ慣れしている。

　続けて曲を披露していった。「マザー・ロード」もあった。あいかわらずなにを歌っているか伝わってこないが、聞いている誰もがノリノリだ。アルコールも手伝ってか、立って踊り出す人までいる。

「クラップ・ユア・ハンズ！」

間奏中にリンが煽《あお》る。そうした振る舞いも堂に入っていてかっこいい。譲も恥ずかしかったが手拍子をした。

MCをはさみ、二曲披露し、アンコールで一曲。リンのステージは大盛り上がりのうちに終わった。

どの曲もなにが歌われているのかよくわからなかった。「ドリーマー」のように詳しく説明されればわかるのだろう。でも、聞きながら気づいたことがあった。

リンにとって歌詞はさほど意味はないのだ。美しい声で魅了し、ギターで心躍らせ、その場にいる人たちを心底楽しませるのが彼女の音楽なのだ。

ネット上の動画ではすぐに飽きた歌も、生で聞くととてもよかった。生の声、生の音。それらが心地よく揺さぶってくれた。

CD音源で聞くよりも、ライブのほうがいいアーティストがいる。逆にCD音源がいいのに、ライブでがっかりするアーティストもいる。リンは生で聞くほうが圧倒的によかった。たたずまいもいいし、空気感もいい。二宮家の居間だと、どぎつく見えるオレンジ頭も、ステージの上だと映える。みかん畑にやってくるときはいつも怠そうで、不《ふ》貞腐《てくさ》れて見えたのに、ステージだと水を得た魚のように生き生きしている。ステージの上が彼女の居場所なんだと思った。

どこからか再びアンコールの声が起こった。

「うーん、困ったな。あたし、今日ほかに用意してこなかったからな」

リンはアンコールにご満悦の様子で、にやにやしながら困ってみせた。

「じゃあ、歌詞がついてなくてもいいかな。ずっと大切にしている曲で、なかなか歌詞がつかないやつがあるんだよ」

「いいでーす」

島川が代表して答えた。

「じゃあ、それを歌うね」

リンは立ち上がり、ギターをスタンドに立てかけた。天井を見上げ、右の手のひらを胸に当てた。目をつぶり、息を深く吸う。

それは今日歌ったなかでいちばん切ない歌だった。歌詞がないのでメロディーラインを「ラ」で歌う。ラララー、ラーラ、ラララララーというふうに。だけど、歌詞がない分、彼女の声のよさが浮き彫りになった。

水のように透明で自在な声。声が途切れる一瞬、かすかに甘くかすれる。譲の胸にざわめきが広がった。

やっぱり、この子には歌詞なんていらないんだ。言葉なんていらない楽器のような子なんだ。気づいたら、頰《ほお》を涙が伝っていた。

リンの歌がすぐさま世界を変えられるなんて思わない。けれども、世界を変える要素のなにかを彼女は持っていると感じたのだ。

Ⅱ　夜明けまで

1

東京の冬は染みるように寒い。愛媛から戻ってきてすぐに風邪《かぜ》を引いた。一日寝込み、二日経《た》ってやっとアパートから出られた。

街はクリスマスムード一色だ。いっしょに過ごす人がいない譲には、肩身の狭い二日間が近づいていた。

電車に揺られて大学に向かう。冬休みに入っていて講義はない。目的は学生会館の部室だ。

譲はリゾートバイト研究会というサークルに入っている。リゾートバイトとは海やスキー場、テーマパークや農場などで、繁忙期のあいだ住み込みで働くアルバイトのことだ。譲が入っているリゾートバイト研究会はそうしたアルバイトの情報を共有し、時にはいっしょに出かける活動をしている。多くの場合、夏は海の家、冬はスキー場のゲレンデや周辺のホテルで働く。夏休みや冬休みを利用して行くのだ。

学生会館三階の部室の前に立つ。ドアノブに手を伸ばしたが、開けずに立ち去った。一階のラウンジへ降り、自動販売機で缶コーヒーを買う。ソファーに腰を下ろしてうなだれた。

ドアを開ける勇気がなかった。ふたりの姿を見るのが怖かった。ふたりというのは譲がかつてつき合っていた千春《ちはる》と、先輩の野渕《のぶち》だ。

千春とは一年生のときに、大洗《おおあらい》の海の家のアルバイトへ行って親しくなり、つき合った。高校時代にも彼女はいたが、好きなだけいっしょにいられて、好きなときに触れられるつき合いは初めてだった。けれど、その千春は野渕に奪われた。譲のまったく知らないところでふたりはくっついていて、突然別れを切り出されたのだ。

「ごめんね、譲君。わたし、好きな人できたの」

あのときの千春の表情をいまでも忘れられない。彼女が言うには、譲は男として物足りないのだという。頼りないし、子供っぽいし、将来なにをしたいのか見えてこない。

野渕はリゾートバイト研究会の先輩だ。二年浪人したのち大学に合格し、いまは在学六年目を迎える。浪人一年目に自転車で日本一周したタフな人で、バックパッカーとしてタイ、カンボジア、ベトナム、インドなどアジアへ旅しているうちに留年して今年やっと卒業できるのだという。リゾートアルバイトについてや旅の出来事を書いた野渕のブログは、文章と写真の両方で人気があって書籍化の動きもあるとか。ある意味、譲の理想の姿でもある。そのくせ卒業後は地元千葉に帰って私立高校の社会科教師になるのだという。自分で見て知ったことを子供たちに伝えたいそうだ。譲なんかより、何倍も頼りがいがあり、大人っぽくて、将来もしっかりしている。男としてまったく敵《かな》わない相手だった。

しかしながら問題は、譲がなにもせずに千春を野渕に譲ってしまったことから起こった。リゾートバイト研究会の定例会議のあとの飲み会でだ。酔った野渕がいきなり譲を呼びつけ、部員の前に立たせて言った。

「おい、譲。おまえは自分の彼女をおれに取られて悔しくないんか！　おれのことを憎いと思わないんか！　自分が男として情けないと思わないんか！」

なぜか譲のほうが野渕に頰《ほお》を叩《はた》かれた。

「こら、譲！　おれを殴れ。ずるいのはおれだ。千春を好きで奪ったのはおれだ。悪いのはこのおれだ。殴り返してこい！」

殴りたい気持ちはあった。けれど、殴ったら負け犬の悪あがきみたいじゃないか。野渕の芝居がかった態度にも嫌気が差した。心が冷え冷えした。千春の心だって野渕に向いている。いまさらどうしろっていうのか。ここでなにをしたって笑われ者のピエロになる。

「別にいいっすよ。好きにしてくださいよ」

野渕劇場とでも言うべき舞台にいっしょに立ちたくなかった。受け流して大人な対応をした、とそのときは思った。

しかし、周囲はそうは受け取らなかったようだ。誰もが譲を批判した。どうしてぶん殴ってでも千春を取り返さなかったのか。殴って男らしさを見せれば、千春も考え直したかもしれないのに。女を取られたのに怒りもしないなんてイエスマンにもほどがある。てめえにはキンタマついてるのか。

悪いのは奪った野渕のはずなのに、いつのまにか譲が非難される側となっていた。あれは野渕が計算したうえでひと芝居打ったのだろうか。だとしたらやはり、敵う相手ではないと思うのだけれど。

ともかく、譲は白い目で見られ、リゾートバイト研究会で浮いた存在となった。部室に入ると部員同士のおしゃべりが止まる。誰も譲に話しかけない。孤立は深まり、いたたまれなくなり、後期の授業期間内にもかかわらず、愛媛に渡ってみかんアルバイターになったというわけだ。

部員には知らせずに愛媛に行った。心配するメールは三件。すべて無視した。直接の電話はなかった。

連絡を絶って一ヶ月。みんなはサークルをやめたと思っているだろうな。二度と部室に現れないと思っているだろうな。

缶コーヒーを飲み干し、ゴミ箱に投げ入れる。階段を上がり、今度は逃げずに部室のドアを開けた。

最悪のタイミングだったのかもしれない。ノックをしなかったのが悪かったのかもしれない。西日が差し込んでくる室内で、千春がパイプ椅子《いす》に座っていた。野渕が後ろからいとおしげに抱きしめていた。譲に気づいたふたりは、目を丸くしたまま固まっていた。

部室を訪れたのは、もしかしたら千春と野渕が別れているかも、とかすかな期待を抱いてのことだった。しかし、期待など木っ端微塵《こ　ぱ　み　じん》に砕け散った。

「すみません」

慌《あわ》ててドアを閉めた。

階段を駆け下りる。学生会館を出て、キャンパスを急ぎ足で歩いているときに、ぼうっとしていた頭がやっと働き出す。そして気づいた。

すみません、なんて謝る必要などなかったのに。部室でいちゃついていたふたりが悪いのに。


大学を出て街をさまよった。

ふたりはあのあとどうしたのだろう。闖入者《ちんにゅうしゃ》の譲を怒っただろうか。それとも憐《あわ》れんだだろうか。笑い者にした可能性もある。慌てふためいて逃げた様子はさぞかし滑稽《こっけい》だったはずだ。

まっすぐアパートに帰る気にならず、山手線《やまのて》に乗った。内回りで南に下る。新宿《しんじゅく》で人が大量に降り、空いた席に座った。行く宛てもないので、呆然《ぼうぜん》と乗り続けた。

山手線は一周するとほぼ一時間。はっと顔を上げたら二周していた。そのあいだ脈絡もなくいろんなことが頭に浮かんでは消えた。

実家茨城《いばらき》の古河《こが》にある桃園に行きたいな。二千本の桃の花が咲き、ヒガンザクラよりも濃いピンク色が咲き誇る様子は壮観なのだ。

東京は自分には合わないのかもしれない。憧《あこが》れがあって出てきたけれど、リゾートバイト研究会なんかに入って地方へ行くのは、知らず知らずのうちに東京から離れたがっていたせいかもしれない。

真穴のお父ちゃんとお母ちゃんに早くも会いたくなった。「いつでも帰っておいで」「来年も来られたらおいで」と言ってくれた。真穴の太陽と海が恋しい。みかんのオレンジ色と葉の緑の二色に染め上げられた山の斜面が懐かしい。初夏に咲くというみかんの白い花がみかん山を覆う様子も見てみたい。

なぜみかんアルバイターにリピーターが多いのか、いまやっとわかった気がした。あの土地は人も自然もやさしいのだ。必要としてくれる人がいて、自分の居場所があって、自然体でいられるのだ。リンは傷心組と毛嫌いしていたが、あの土地では譲も笑っていられた。癒《いや》されていた。

リンといえば、と携帯を取り出してメールを見た。東京に戻る前日、荷造りをしていたら彼女がやってきて言った。

「いいなー、いいなー。あたしも連れてってよ」

「連れてってってどういうこと」

「あたしさ、家賃払えなくて前に言ってた野方のアパート追い出されちゃったんだよね。

いるとこなくていったん実家に帰ってきたってわけ」

「待ってよ。愛媛までの交通費があったら家賃払えるでしょう」

「愛媛まではヒッチハイク。ギターケース見せて、路上ライブやりながら全国を回ってるんですー、なんて言えばみんな信じて乗せてくれるからさ」

「ヒッチハイクなんて危ないなあ」

「こっちだって運転手は選ぶよ。乗ってからやばそうだって感じたときは、おなか痛いってトイレ行くふりしてダッシュで逃げんの」

行動力があるというか、向こう見ずというか。

「もしよかったら、譲のアパートにちょっとだけ住まわせてくれないかな」

「え」

「あたし、いまスッカラカンなんだ。携帯ショップでもスーパーのレジ打ちでもすぐに働いて、金貯《た》めたら出ていくからさ」

リンといっしょに暮らす。だいそれたことに思えて返事に詰まる。きれいな顔をしているし、すばらしい声をしている。でも、自分の手に負えるような相手ではないように思えた。正直に言ってしまえば、人を見た目で判断するのはいけないとわかっているけれど、こんなオレンジ頭をした女の子を家に引き込むのはいかがなものか。

「ちょっとだけってどのくらい」

断るべきだとわかっているのに、そう尋ねていた。

「一ヶ月くらいかな。まずは連絡するからさ、携帯のアドレス教えてよ」

譲のアパートで暮らす気満々のリンになにも言えないまま、アドレス交換したのだった。

しかし、リンの行動はまったくの予測不能だった。譲のアパートにすぐ行くといった内容のメールがやってきたのだが、風邪を引いているからちょっと待って、と返信したら連絡が来なくなった。ところが今朝、四時というとんでもない時間にメールが来て、もう東京にいると書いてあった。

〈ハロー。あたし、またアパート契約したよー。それまでホテル暮らし。譲に世話にならなくてもよくなったよ。でさ、今夜渋谷《しぶや》宇田川町《うだがわちょう》のライブハウス&バー、ティルドーンで飛び入り出演するから聞きに来て！　ライブは七時スタート、あたしの出番は八時くらいかな。絶対来てね！〉

ほっとしたような、がっかりしたような心地になった。素直に大歓迎とは思えなかったし、面倒くささもちょっとはあったけれど、手に余るくらいの女の子と暮らしたら、人生の一大転機となるんじゃないかという期待はあったのだ。

電車が止まる。ちょうど渋谷だった。乗客にぶつかりながら慌てて降りた。ティルドーンなんていうライブハウスは聞いたことない。いままで行ったことのあるライブ会場は千人以上のハコばかり。携帯で調べつつ、日のとっぷり暮れた渋谷の雑踏を歩いた。

それにしてもリンはどうやって東京に戻ってきたのだろう。スッカラカンと言っていた。アパートを借りる金やホテルの代金だって払わなければならない。

悪い想像に行き当たる。あの子、またやったんじゃないかな。お父ちゃんとお母ちゃんの金をまた盗んだんじゃないかな。

井《い》ノ頭《かしら》通りを歩き、東急《とうきゅう》ハンズが右手に見える三つ叉《また》の信号を右に曲がる。ややのぼり坂になっていて、上がって十メートルほど進んだところにティルドーンの入った雑居ビルはあった。店は六階。エレベーターの前で人がたむろっていたので、手前の外階段で上がった。

途中、踊り場から夜の渋谷の街並みを眺めた。クリスマスが近いためにライトアップがまばゆい。けばけばしいくらいだ。風の冷たさに目を細め、下を覗《のぞ》いたら歩道は人で溢《あふ》れ返っていた。車もぎゅうぎゅうで、クラクションが頻繁《ひんぱん》に聞こえる。

数え切れないほどの人がいて、それぞれに行き先がある。そのことが譲には不思議でならない。こんなにもたくさんの人がいるのに、関わり合うこともないまま、それぞれの行き先へと急ぐ。この流れを見ているると、大きな川を前にしているときの心境を思い出す。堰《せ》き止められない流れをただただ見守るしかないというあの呆然とした心地だ。

七時のスタート時間は過ぎていた。六階に上がると、鉄製の重々しげなドアがひとつ。手前にはカフェなどで見かける黒板の立て看板があり、ティルドーンと書かれている。前置詞のティルと夜明けの意味のドーンを組み合わせたライブハウス名と気づく。夜明けまで、という意味合いなのだろう。

立て看板にはチョークで、「イヴ・イヴ・ガールズ」とイベントタイトルらしきものが書き込まれている。女性シンガーによる対バン形式で行われるイベントらしく、五人の名前が並んでいてリンの名もあった。

ドアを開けたら、中は夜の街より暗かった。人が立っているが顔も見えないし、何人いるかもわからない。すでに誰かが歌っている。

「いらっしゃいませ。ご予約はされてますか」

室内だというのにテンガロンハットを被《かぶ》った男性が近づいてきた。

「予約って？」

「誰かお知り合いですか」

「リンなんですけど」

「はいはい。チャージで二千円になります。ドリンクをカウンターでオーダーして、代金はそちらでお願いいたします」

暗さに目が慣れてくると、右手に小さなバーカウンターが見えてきた。左手奥がステージだ。

室内はひどく狭かった。八幡浜のカラオケパブの半分くらいだろうか。ステージの前には椅子とテーブルが適当に配置され、最前列からステージまで二メートルくらいしかない。二十人も座ればいっぱいで、オールスタンディングにしても五十人がやっとだろう。しかし、いま入っている客は少なくて、数えてみたら八人しかいなかった。

なんだこれ。

五人も出るのに客が八人だけなんて。高校生のときに友人のバンドが地元でライブやったときのほうが、まだ客を集められていたぞ。しかも客の八人は全員男だと気づく。急に空気が澱《よど》んで感じられた。

おかしなところに来てしまったのでは。譲は闇《やみ》に紛《まぎ》れるように壁際に腰を下ろした。ステージでは先ほどまで歌っていた子と入れ替えに、眼鏡《めがね》の女の子がセッティングを始めた。髪は黒のセミロングで大人っぽい。代金と引き換えで渡されたフライヤーの束をめくる。〈ニューアルバム、絶賛発売中〉とか〈レコ発ライブ決定〉などの宣伝文句が躍るフライヤーの中に、眼鏡の彼女を見つけた。

〈ギリコ　初のワンマンライブ！〉

表の黒板で見かけたときにも思ったけれど、変な名前だ。フライヤーにあるプロフィールによれば本名は片桐《かたぎり》こずえ。こっちのほうがいいのに。

バーカウンターに目をやる。そのあたりの薄明かりに歌い手らしき数人の女の子がたむろっている。みんな二十代前半くらいだろうか。よく見えないがそろいもそろって容姿はいい。こう言っちゃなんだが、まるでキャバクラのようだ。いままでキャバクラなんて行ったことがないのでイメージだけれど。

ステージ上でアコースティックギターが鳴った。スポットライトがステージを照らす。

「ええと、こんばんは。ギリコです。通ってる大学の卒業もぎりぎりだし、生活も恋愛もぎりぎりだし、ぎりぎりな感じの歌を歌っていきたいし、ってことで本名の片桐こずえの真ん中を取ってギリコと名乗っております。みなさま、お見知りおきを」

眼鏡のずれを直すと、さっそくギリコは歌い出した。その第一声で惹《ひ》き込まれた。

声が強い。芯《しん》がある。リンの歌い方や曲には洋楽志向がある。けれどギリコは和風。ジャンルとしてはフォークロックだろうか。若干、湿った印象があるが、いやな感じじゃない。願いや祈りが歌に丁寧に織り込まれていて、譲の好きなタイプの曲と歌詞だった。

一曲目が終わる。譲は大きな拍手を送った。こんなにすばらしい歌が歌えるのに、客は自分を含めて九人なんてもったいない。ギリコは一曲目の歌を作ったきっかけについて語り始めた。耳を傾けようとしたら肩を叩《たた》かれる。振り向くと笑顔のリンがいた。

「譲じゃーん。ほんとに来てくれたんだ。マジうれしいよ」

「髪が」

リンの頭を指差す。

「そうそう。東京戻ってから染めたんだ」

オレンジ色が金色に変わっていた。眉毛も金だ。オレンジにはこだわりがあったんじゃないのか。信念のようなものまで感じていたのに、簡単に翻《ひるがえ》すなんてちぐはぐだと思わないのか。呆気《あっけ》に取られた。

それにしても東京に来てからの短期間でアパートの契約をし、美容室にも行き、飛び入りでライブにも出る。なんて行動力のあるやつなんだ。体は小さいがタフなのかもしれない。

「アパート契約したんでしょ。お金どうしたの」

「借りた、借りた」

　こともなげに言って笑う。スッカラカンだと言っていたのに。

「ほんと？」

「なんで疑うの。借りなきゃ東京にだって来られないでしょうが」

　ギリコの二曲目が始まった。ステージに視線を戻す。歌に集中したいけれど、みかんアルバイターの打ち上げの日のことがよみがえって耳に入ってこない。

　あの日、リンが歌い終わったあと、通常の打ち上げに戻らなかった。誰もがリンを取り巻いて、彼女のライブ後の懇親会のようになったのだ。リンはリンでちゃっかりしていて、アルバム「フラワー」をサイン入りで手売りしていた。譲も購入の列に並ぼうか迷ったが、ネット動画で彼女の歌に批判的だったのに、ステージを観て手のひらを返すのはいかがなものかと、ＣＤ販売会と化したステージを遠巻きに眺めていた。そのときに話しかけてきたのがフロアレディの麻美だった。

「君は並ばないの」

「ぼく、リンの家で世話になってるんですよ。だからいつでも買えるかなって」

「そうなんだ」

　麻美は値踏みするように譲を見たあと、リンに視線を移した。

「あの子、けっこう長く頑張ってるよね」

「リンのこと知ってるんですか」

「地元だもん。駅前でよく歌ってたし、いろいろあったし、あたしたちのあいだじゃ有名人だったよ」

「いろいろ？」

「おっと、これを軽々しく話したら女が廃《すた》るわ」

麻美はもったいぶったように笑った。

「男が廃るってのは聞いたことありますけど、女なら話しても大丈夫だと思いますけど」

「女だって廃ることはあるよ。ただ さ、リンの家に世話になってるならひとつ言っておいてあげる。あの子、嘘つきだからね。だから、気づいてあげな」

「気づいてあげな？」

騙《だま》されるな、だったらわかるけど。

「あ、でも君もみかんアルバイターの期間、終わりだもんね。東京？」

「そうですけど」

「じゃあ、さっきの話はなしってことで。忘れて」

手をひらひらさせながら麻美はカウンターの向こうへ行ってしまい、詳しく話を聞けずじまいだった。

ギリコが続けて二曲歌って彼女の出番は終わった。譲の隣の席に陣取ったリンが教えてくれる。

「今日はアコースティックギターで歌ってる女子のシンガーソングライターばっか集めた日でさ、持ち時間はひとり二十分なんだよ。だからやれて四曲。今日、あたしは三曲の予定」

お父ちゃんとお母ちゃんから九十万円も盗んだリンだ。嘘をつくくらいちょろいんだろう。そして、今回の上京の資金を借りたと言っていたが、あれも嘘なんだろう。

「へえ」

ついつい生返事になる。

「今日はさ、シークレットゲストが入ってんの。その前にもうひとり急に決まった飛び入りがいてさ。だからあたしの出番ずっとあと。ま、あたしも店長に無理やり頼んで今日は出させてもらってんだけどね」

リンはバーカウンターのテンガロンハットを指差す。あの人が店長だったのか。

ステージからギリコが戻ってくる。リンが立ち上がって、「イエーイ」とハイタッチで迎えた。

「よかったよー。さすがあたしの相方」

「相方？」

譲も立ち上がった。

「そう。あたしとギリコって歌ってるライブハウスがだいたいいっしょで、似たようなアーティストが好きで、気も合って、見た目は似てないけど中身は双子《ふたご》の姉妹みたいなんだよ。魂の双子。魂の相方。ね？」

リンは首を傾け、ギリコに微笑《ほほえ》んだ。大学卒業がぎりぎりと言っていたから、ギリコのほうが年上のはずだ。リンはタメ口なうえに相方とまで言い切る。大丈夫なんだろうか。冷や冷やしてしまう。当のギリコはやさしく微笑んでリンを見守っている。

「初めまして。歌すごくよかったです」

「ありがとうございます。体揺らして聞いてくれてましたもんね」

歌に合わせて体が動いてしまったのを見られていたのか。恥ずかしい。客として見る側だったのに、見られていることもあるんだな。

「ギリコ、すごいっしょ。あたしも最初聞いたとき、びりびりって来たもん。才能あるし、フィーリングで仲良くなれるって思ったし、いまじゃすっかり相方だよ。あたしね、友達ってそんなに作らないの。一応、人を選んでんの。ギリコはその友達ってレベルを超えて相方レベルまで来たすげえ子なんだよ」

　もう少しギリコと話がしたかったが、リンが割って入ってくる。譲の背中を馴《な》れ馴れしく叩きながらギリコに言う。

「これ、譲っての。愛媛のあたしんちで世話になって、あっちでやったライブでも聞きに来てくれたんだよ」

　世話になったのはお父ちゃんとお母ちゃんであって、おまえじゃないけどな。心の中でつぶやく。

「じゃあ、みかんの収穫をやってらしたんですね」

「そうです。一ヶ月リンの実家でお世話になって。本当にいい方たちばかりで」

「いいなあ。あたしも一回行ってみたいな」

「いいよ、みんなおいでよ」

　話が弾みかけたところでまたもやリンが入ってきた。

「あ、でも、譲はもう来なくていいよ」

「え、なんで」

「だってあんた今年は大学さぼって行ったんでしょう。来年もさぼったらやばいじゃん。

ねえ、ギリコ。こいつけっこういい大学行ってんだよ」

リンが大学名を告げる。ギリコは感心してくれた。彼女の大学名を訊いたら都内の有名女子大だった。こちらも感心してしまう。

「いい大学行ってるくせに、わざわざうちのほうまでみかん取りに来るなんて、わけわかんないやつじゃない？　やっぱ文学部なんて通ってるやつは、どっか変なんかな」

文学部じゃないって言ったのに。訂正するのも面倒になった。それに、どうもさっきから口調と態度が馴れ馴れしい。「あんた」という呼び方もふたりきりのときならまだいいが、人前だと耳に引っかかる。格づけされているように感じるからだろう。あるいは言葉による示威行動。どちらにしても、リンが上で、譲は下。「あたしんちで世話になった」の発言もそこに通じる。

リンとギリコが話を続ける。聞いているうちに、なぜリンがこんな態度を取るのかわかった。意図を見抜いてしまった。

きっと彼女は自分を大きく見せたいのだ。大学名まで持ち出して譲を持ち上げておきながら、そういう譲も自分に与《くみ》する人間だとギリコに印象づけたいのだ。ライブイベントに駆けつけてくれるファンのひとりなんだよ、というふうに。本当はメールで〈絶対来てね！〉なんて打ってきたくせに。

ギリコを双子と言ったり、相方と言ったりするのも同じ理由に思えた。比較して悪いが、ギリコのほうがリンより歌の完成度が高かった。特に歌詞。愛媛を去る前にリンから「フラワー」を買った。歌詞カードが入っていたので目を通したが、歌抜きで歌詞を読むとやっぱり残念だった。その点、ギリコの歌詞はいい。するすると胸に入ってくる。情景が浮かんでくる。それは歌の世界観がしっかりしている、ということにつながっていく。音と言葉で彼女の世界を見せてくれる。シンガーソングライターとしてギリコのほうが確実に才能は上だった。

そのギリコと肩を並べているとリンは周囲にアピールしたいのだろう。彼女自身、才能で劣っているとわかっているのかもしれない。そう気づいてしまうと、ひじょうに痛々しい振る舞いだった。

入口のドアが開いて、数名どやどやと入ってくる。

「おお！　みそ吉さんに狸さんじゃん」

リンが目ざとく見つけて駆け寄っていく。彼女のブログの常連だ。「金髪！」と騒ぐ声が聞こえる。ギリコも知人を見つけたらしく近寄っていった。バーカウンター前でもほかの歌い手が歓迎の声を上げていた。

みそ吉は二十代後半といったところだろうか。スーツ姿でサラリーマンなのはわかるが、あまりによれよれのスーツで、どんな会社ならこの姿で出社できるのか想像しかねる。練馬のミドリの狸は名前のイメージ通りの小太りで四十代半ばくらい。ふたりは共通して秋葉原《あきはばら》にいそうなアイドルマニアのにおいが漂っていた。

しかし、よくよく店内を見渡してみれば、ほかもいまいちイケてない男性客ばかり。純粋にシンガーソングライターとして応援している人もいるのだろうが、アイドルの追っかけの亜種みたいなのが、彼女たちの支持層のようだ。

以前、地下アイドルという言葉を聞いたことがある。テレビ出演じゃなくてライブ中心の活動をするアイドルを指して言うらしく、小規模なライブをたくさん行い、チケット代とグッズ販売で資金を回収するのだとか。今日のライブイベントはそのシンガーソングライター版のように思えた。

本当はマニアではなく、一般の人たちに歌を聞いてほしいのが本音だろう。この小さなライブハウスを飛び出して、安っぽい言い方になってしまうけれど売れっ子になり、多くの人に歌を届かせたいはずだ。追っかけの亜種にキャバクラの営業のように接し、チケットやCDを買わせるようなことなんてしたくないはずだ。少なくとも自分が彼女たちの立場だったらそう考える。

「次に歌う人、すごいんですよ」

いつのまにかギリコが戻ってきていて譲に耳打ちした。ステージでは店内でたむろっていた女の子たちよりも年齢が上の女性が、ギターのシールドを手に準備を始めていた。

「すごいってどんなふうに」

「一度メジャーデビューしたことがあるんです」

所属していたレコード会社の名前を聞いたら、譲でも知っているような大手の会社だった。そして、譲が何度か見たことある深夜ドラマのエンディングや、アニメのオープニングも歌っていた。いまはレコード会社とも契約が終了し、ライブを中心に活動しているのだという。

その女性がギターを爪弾《つまび》きながらやさしく歌い始める。譲はまたもや衝撃を受けた。素朴な歌だった。けれども、至らないゆえの素朴さではなく、いらないものを削《そ》いでいって、いちばん伝えたいことだけが残った歌だと思った。飾りなんていらない歌なのだ。

静かに歌う。音は外さず、声は安定していて、ギターのミスタッチもない。とにかくクオリティーが高く、惹きつける力が強い。それまでざわついていた店内がぴたりと静かになる。誰もが聞き惚《ほ》れていた。

さらりと三曲披露して、彼女の出番は終わった。

「聞いていただきありがとうございました。急な飛び入りすみません。あとがつかえてますんで」

すまなそうに笑い、ステージを降りる。拍手喝采《かっさい》が彼女を包む。

「すごいでしょ」

そっとギリコが訊いてくる。

「ものが違うっていうか」

「メジャーデビューできた人ってやっぱり別格なんだよ」

ギリコの声からは寂しげな響きが窺《うかが》えた。

「でも、契約は切れちゃったんでしょ。今日のイベントに出てるギリコさんたちと変わらない立場なわけでしょ」

「慰《なぐさ》めてくれてるならありがとうね。けど、あれほどの人でも切られちゃうんだよ。自信なくなっちゃうよ」

「ギリコさん、目指しているのはメジャーのレコード会社？」

「どうだろうね。最近自分でもわからなくなってきた。大学に入ってからこういうところで歌い始めて四年。いつかどっかから声がかかるかな、なんて期待してたんだけどね。

でも、シンガーソングライターとかユニットとかバンドの女性ヴォーカルとか、東京で歌っている女の子なんて掃いて捨てるほどいるの。ほんと何百人っているんだよ。全国を見渡したらいったいどんだけいるんだか。成功できるのはほんのひと握り。プロになれるのは特別な人間だけなの。だからいまわたし迷っててね。上を目指すのは難しいから、歌は青春の一ページってことで活動にピリオドを打つか、それともアマチュアと割り切って趣味として続けていくか」

ギャハハと後ろから馬鹿笑いが聞こえてギリコが振り向く。譲もつられるようにして見た。リンがみそ吉と練馬のミドリの狸と楽しげに話している。

「あの子は悩んだりしないいんですかね」

悩むギリコを見てしまうと、リンが能天気に思えてしかたがない。先のことをちゃんと考えているのだろうか。軽いいら立ちさえ覚える。

「リンはわたしなんかに比べて何倍も必死だよ。絶対にプロになりたいって言ってるし。もともと承認欲求が強いタイプなんだと思う。努力も人一倍するしね。けど、怖がりだから」

「怖がり？」

「誰だってそうだけど、自分に才能がないとか、このままじゃ芽が出ないとかって考えたくないでしょ？　リンはそういう傾向はものすごく強いの。だからいまだって本当は、メジャーを経験した人の歌を耳にして自信喪失しそうでくらくらしてるはずだよ。喪失したくないからわざとああやって自分のファンと馬鹿やってるんだよ」

「そんな繊細には見えないけど」

「わたしにはわかるよ。一応、相方だからね」

　ギリコがにやりと笑う。

「双子の姉妹だとしたら、やっぱりギリコさんが姉？」

「かもね。けど、妹の大胆さや一直線なところにはらはらしながらも、あの子には勝てないなって思う姉だね」

「勝てないですか」

「リン、前に言ってたもん。もしプロになれなかったら、両目を薬かなにかで潰《つぶ》そうかなって」

「は？」

「目が見えなかったら働かなくて済んで、歌うだけで生きていけるのにって」

　なんて浅はかな。目が見えることのありがたみを考えたことはないのか。腹立たしさに言葉を失っているとギリコが言う。

「いまのは、もしもって話だからね」

「わかってますよ」

人の心の動きにギリコは敏感な人であるらしい。

「わたしとしては、リンの思い込みの強さはうらやましくもあるし、かわいそうにもなるかな。結局、夢を叶《かな》えられる人は思い込みが強くて、自分を信じられる人だからね。わたしは駄目。先が見えちゃう。見えて見込みがないってあきらめちゃう」

「実際のところリンのレベルどうなんですか。プロになれそうなんですか」

「いまのままじゃ厳しいかな。けど、いいもんは持ってるでしょ。曲に関してはわたしも作る側だからコメントしづらいね。もし問題があるとしたら年齢かなあ」

「年齢ってまだ十九歳ですよ」

「レコード会社の人に言われたんだけど、メジャーで活躍するような子って十代で目をつけられてるんだって。二十歳過ぎたら遅いってさ。ウクレレ持ったり、ボサノヴァやカントリーなんかのジャンルに寄った歌をやっていくなら、かぶる人がいないからもうちょい上の年齢まで大丈夫みたいだけど」

またもや入口のドアが開く。今度は十人ばかりどやどやと入ってきた。いまいる客層と明らかに違う。おしゃれで、大人で、女性もいる。驚いて眺める譲にギリコが教えてくれた。

「これからシークレットゲストが出るから、その子の関係者やスタッフが来たの」

「シークレットゲストって誰」

「広島のストリートで歌ってた子なの。十六歳の子」

「十六歳？」

「希望の希に、ラブの愛で、ノアって読むんだって。木村希愛《きむらのあ》。目黒《めぐろ》にね、有名なヴォーカル養成塾があるの。そこに応募してきたらしくて、上京してきて一ヶ月でメジャーレコードから声がかかったって。芸能プロダクションも大手に決まって、アーティスト名は苗字《みようじ》を取って希愛でデビューだってさ。デビュー曲もＣＭのタイアップが決まってるって聞いたよ」

「とんとん拍子だね」

「ライブハウスでの場数を踏ませるために、ティルドーンで歌わせてくれってことみたい。前に違うとこでも対バンになったけど脱帽だったよ。全然敵わない。十歳まで親の仕事でアメリカにいたらしくてさ、英語の発音も完璧《かんぺき》なの。オーディション専門の雑誌ってあるんだけど、そこで養成塾の塾長が希愛のことを、自分の最高傑作になるって書いてたくらいなんだから」

小柄な女の子がギターを手にステージに上がった。どさりと床に腰を下ろして胡坐《あぐら》をかく。座って弾くつもりらしい。グレーのパーカーにはき込まれたインディゴのジーンズ。リンもギリコもほかの出演者も、衣装とも言うべき普段着とは違う服を着ているのに、その子は近所のコンビニに行くような格好をしていた。

「初めまして。木村希愛です」

うつむいたまま言う。黒髪のロングでセンター分け。格好も髪型もこだわりがなさそうだ。

「では、歌います。わたしが初めて作詞作曲した歌です。『ナッシング・キャン・チェンジ・マイ・ラブ』」

希愛が無造作に髪をかき上げ、やっと顔がはっきり見えた。客席からどよめきが起こる。譲も目を見張った。希愛は息を飲むほどきれいな子だった。涼《すず》やかな目、整った鼻、薄い唇。本当に十六歳なんだろうか。きりっとしていてすでに完成された美しさがあった。

ギリコが言うには、東京だけでも歌う女の子は何百人といるという。プロになれるのはひと握り。特別な子だけ。希愛の歌を聞いて、その言葉の意味がよくわかった。

希愛が歌いだした瞬間、鳥肌が立った。Ａメロを聞いただけで、心も体も全部持っていかれたように感じた。リンも声がいいが、希愛は声がいいうえに歌い方がすばらしかった。こういうのを歌唱力があると言うのだろう。

歌はバラード。明るいメジャーコードから始まって、切ないマイナーコードで終わる。ギリコが言っていたように英語の発音は完璧。見事なまでにネイティブの発音でサビの英語詞を歌い上げる。そして、譲がいちばん驚いたのは、メロディーラインも歌詞も誰にも似ていないことだ。

リンもギリコもどこか既視感がある。好きで聞いてきた音楽からの影響もあるだろうし、限られた音階で作曲するのでメロディーのパターンが似通ってきてしまうのだろう。けれど、希愛の音の選択とリズムの組み合わせは独特で、メロディーがどこへ向かっていくのか予想できない。耳でついていくわくわく感がある。しかし、奇を衒《てら》ったものではなく、きちんとキャッチーで心地よい。その匙《さじ》加減が絶妙なのだ。

歌詞はすっと頭に入ってくる。彼女ならではの世界の切り取り方が反映されている。そうだよね、そういう考え方もあるよね、という気づきも、これでいいんだよね、といった共感もちりばめられている。十六歳でこの深み。文章を書くことにこだわりがある譲には衝撃的だった。

その後、希愛はカヴァー曲を二曲続けた。アメリカの八〇年代の曲だという。次にオリジナル曲をもうひとつ。歌う曲について説明するとき、希愛は無愛想だった。人見知りというより、人嫌いといった印象を受けた。

横を見るとギリコが泣いていた。歌に感動したのだろうか。それとも実力差をはっきりと見せつけられて、心くじけて泣いたのだろうか。

「すごいね」

譲の視線に気づいたギリコが涙を拭《ふ》きながら言う。

「すごすぎてなんて言ったらいいか、わかりませんよ」

「わたしの歌じゃ、希愛みたいに人の心をコントロールできないなあ」

悔しげに言ってギリコは笑った。

「コントロール？」

「悲しい歌なら悲しくさせて、楽しい歌なら楽しくさせて、切ない歌なら切なくさせる。希愛ってそんな歌い方ができるんだよ。きっと曲の理解度が深いんだろうね。たとえ英語の歌でも。だから曲が持ってる魅力をいちばん伝えやすい歌い方で歌えるんだよ。息《いき》遣《づか》いが聞こえるような繊細な歌から、スケール感の大きい歌まで全部歌えるの。これってすごいことだよ」

希愛が立ち上がった。

「ええと、遅れましたが自己紹介させていただきます。希愛と言います。再来月にさっき歌った歌でデビューの予定です。人前で歌ってちやほやされるのが好きなくせに、恥ずかしがり屋で話すのが苦手です。デビューまでになんとか克服したいと思っています。よろしくお願いいたします」

無愛想だと思ったが、恥ずかしがり屋だったのか。ステージのパフォーマンスは慣れているのに、しゃべり慣れていない。そのギャップが微笑ましい。譲もついつい応援したくなって拍手を送った。ただ、周囲の客の反応はけっして芳《かんば》しくない。みんな自分が応援しているシンガーソングライター目当てでやってきた手前、希愛を応援しづらいのだろう。

「うん、悪くないと思うよ」

そばに座っていたみそ吉の声が聞こえた。ミドリの狸に至っては、褒めているんだか、けなしているんだか、わからないコメントを述べていた。

「ビジュアルが無駄によすぎるんだよ。売れなかったら女優もできるんじゃないの」

マイナーなアイドルを応援することを喜びとする人たちがいる。みそ吉やミドリの狸の心情は、そちらに近いのかもしれない。メジャーになるまで応援するとか、簡単にほかのアーティストに鞍替《くらが》えしないとか、彼らの流儀もありそうだ。

「じゃあ、最後にできたてほやほやの一曲をやります」

希愛がぎこちない笑みで会場を見渡したときだった。

「ちょっと待ちなよ」

リンが客席の真ん中で腕組みをして仁王立ちしていた。

「今日のライブイベントはひとり二十分って持ち時間が決まってんの。あんたもう二十分過ぎてんだかんね。もうステージ降りてよ」

希愛が驚いて固まっている。客席にいやな緊張感が走った。リンに露骨に非難の視線を向ける客たちもいた。希愛の歌に魅せられ、もっと聞いていたいと思ったのだろう。譲も希愛の歌をもっと聞いていたかった。希愛はこのあと絶対にブレイクする。チケットのなかなか取れないアーティストに成長する。その前夜に立ち会えた興奮を、リンが水を差した形になっていた。

「あたしずっと待たされてんの。あいだにふたりも割って入られて、出番の予定時間もずれちゃって、あたしの歌を聞きに来たあたしのファンにも迷惑かけてんの。みんなお預けを食らわされて、いらいらしているんだかんね。ねえ？」

リンが相づちを求めたのは譲だった。視線がすべて譲に集まる。未来のビッグアーティストも譲を見ていた。

いや、別にリンのファンじゃないんですけど。出番は待ってたけどいらいらなんかしてないんですけど。

弁解したかったが、したらリンの立つ瀬がない。みそ吉やミドリの狸からも恨《うら》まれそうだ。また、自分はそもそもこうした場面でノーと言えるような人間じゃない。

ああ、希愛ちゃん。ブレイク前夜の君に早くもさよならを言うとは思わなかったよ。ブレイク前に歌を聞いたことがあるんだぜ、なんて自慢することも許されないのかなあ。

「そうですね、待ってました」

なるべく事実だけを答えた。

「そっか、ごめんなさい。持ち時間がひとり二十分なんて、わたし知らなかったから」

希愛はピックをジーンズのポケットにしまうと、ギターのストラップをはずしてステージを下りた。「えー」と残念を表明する声が起こる。希愛はその反応に顔をほころばせた。

「あ、うれしいな、その声。最後に歌おうと思ってた歌は、二ヶ月後に出るデビューアルバムに入ってますのでぜひ聞いてください」

恥ずかしがり屋だという希愛が、笑顔で自分の歌をアピールしている。その姿勢がけなげで心打たれるものがあった。

しかし、その希愛の邪魔をするようにリンが前を横切った。憎々しげな表情でステージに向かう。明らかな挑発行為だ。希愛は驚いた顔でリンの背中を見送ったあと、視線を客席に戻し、肩をすくめてみせた。彼女のほうが大人の対応だった。

「お待たせいたしました！　じゃあ、あたしはこの前実家の愛媛に帰ったときに作った、できたてほやほやの曲を最初にやらしてもらいますね。聞いてください、『ドリーマー』」

お手並み拝見とばかりに会場の後方で陣取る希愛に見得を切ってから、リンはギターを勢いよく弾き始めた。ギルドの力強い音が鳴り渡る。

残念ながら、勝負は歌い始めてほんの数秒で決まった。

同じ会場で、ギターひとつで歌う同じスタイル。条件はみんないっしょだ。だからこそ差が如実に表れる。

リンの歌はひと言で言ったら、すかすかだった。本物である希愛のすぐあとに歌ったので、すかすか具合はなおさら目立った。

声の質は負けていない。だが、歌い方が薄っぺらい。テクニックを感じさせず、歌唱力なんて言葉を用いるまでもないのだ。曲はありがちで面白味がない。メロディーの展開が読めてしまう。以前に問題視したように歌詞は拙《つたな》くて、歌の世界は立ち現れてこないし、情景すら見えてこない。歌を作る才能と、歌って表現する才能。その両方で劣っているることが明らかになってしまった。残酷なくらい、はっきりと。

すかすかなこのリンのファンと認定されてしまったことに、譲は困惑と恥ずかしさを覚える。冬だというのに腋《わき》の下《した》にびっしょりと汗をかいてしまった。

希愛はどんな反応を示しているだろう。恐る恐る振り向いた。すると、彼女がドアをくぐって出ていくところだった。ラストまで聞く価値すらない。そう判断したのだろう。関係者やスタッフが続いていく。その中の何人かがリンに冷ややかな笑みを向けながら帰っていった。

リンはいつもよりも声を張り上げて歌った。叫ぶように歌っていた。どこにも届かない歌だと思った。

2

なんでこうもやすやすと男性の部屋に上がり込んでくるかな。しかも真夜中なのに。

ソファーに仰向けに寝て足を組むリンを見て、譲は唖然《あぜん》とした。

かつて千春といちゃついたソファーでリンがくつろいでいる。思い出を尻に敷きやがって苦々《にがにが》しく思う反面、この無法者とも言うべき彼女のおかげで思い出が薄まってくれそうにも感じる。

三十分前、うとうとしかかっていたところにリンからメールがあった。野方に来てるから駅まで迎えに来てほしいとのこと。断りたかったけれど、夜中一時を過ぎて女の子の一人歩きは危ない。うまい断りの文句も思いつかない。渋々迎えに行った。

駅まで行ってみると、リンは自動販売機の脇の暗がりにしゃがみ込み、スマホをいじっていた。年の暮れのこの寒さの中、ずっとここにいたのだろうか。譲がそばまで行っても顔を上げない。いやな予感を覚えつつ声をかけたが返事がない。無表情でゆらりと立ち上がると、譲のアパートの方角へ歩き出した。

どうしたの。体調悪いの。なにかあった?

心配になって寄り添いながら語りかけると、リンはとんでもないことを言った。

「機嫌が悪いんだよ。見ればわかるでしょうが」

迎えに呼んでおいてこの態度。わけがわからない。

「もしかして酔っ払ってる?」

酔っ払っているのならしかたないと思ったのだ。

「なに言ってんの。あたし十九歳だよ。飲むわけないじゃん。馬鹿じゃないの」

ごもっともだ。けれど、大金を平気で盗むようなやつが、律儀にアルコールの年齢制限を守っているなんてちぐはぐじゃないか。

すっかり閉口してしまって黙って歩いた。酔っ払って機嫌が悪いならそれなりにあきらめもつくし、あしらい方もわかる。けれど、しらふでこんな態度を取られると、どうしたらいいのかわからない。呼びつけておいて不機嫌ってどういうことだろう。いままでこういう人間は周りにいなかった。

リンがぶつぶつとつぶやいていることに気づく。耳を澄ましてみれば、それらは希愛への文句だった。

「希愛のやつ、マジ許せねえ」

「なにがメジャーだよ、ガキのくせに」

「ちょっと英語がうまいからっていい気になりやがって」

ライブイベント、イヴ・イヴ・ガールズから三日たっているのに、まだ根に持っているようだった。この子はクリスマスのあいだも、こんな呪詛《じゅそ》みたいな言葉を吐きながら過ごしていたのだろうか。ちょっと怖くなった。

あの日、リンは帰っていった希愛に対抗するように必死に歌い、かえって自分の声のよさを殺してしまっていた。高音は伸びず、音は濁った。MCもすべりまくった。

「あたしが育った愛媛では、見た目のよくないみかんは間引いたり、ジュースにしたりすんの。売り物にならないって理由でさ。けれどそれってどうなの？　中身は問題なくておいしいんだよ。味も品質もばっちり。つまりさ、見た目で判断すんなってことだよ。要は中身。人間もいっしょでしょ？　外見がいいからって売れっ子になれるとはかぎらないわけ」

希愛をけなす目的で話しているのは、会場の誰もがわかったはずだ。そして誰もが思ったはずだ。見た目でも中身でも勝っているのは希愛だって。商品として価値がないのはリンだって。メジャーのレコード会社の関係者やスタッフから冷笑されたってことは、見込みのなさを突きつけられたのと同じだ。

リンが歌うあいだ、ほかの客も帰っていった。歌い終わったときに残っていたのは、譲とみそ吉とミドリの狸ともうひとり。そのもうひとりもドリンクのオーダーで酒を飲み、酔っ払って寝ているだけという始末。リンは総スカンを食らった形だった。人がここまで辱《はずかし》めを受けるのを初めて見た。

ただ、その後あまり心配していなかった。なぜなら、その日の夜に書かれたリンのブログを見たら、あっけらかんとした内容だったからだ。

〈今日は渋谷のティルドーンで「イヴ・イヴ・ガールズ」でした！

来てくれたみんな、あーりがとうぅ！

あたしはみんなの愛を受け取って、今日も絶好調でした！

次回のライブもよろしくーーー〉

あまり悩まないたちなのかな。深く考えないタイプみたいだし。傷つかなくてよかったのかもしれない。ブログを読んだときはそう思った。みそ吉とミドリの狸のコメントも、なにごともなかったかのようだった。

〈リンちゃんの歌声で今日も癒されました。リン、最高！〉

〈新曲の『ドリーマー』よかったよ！　リンの進化は止まらないね！　次のライブ楽しみです〉

本当にこれでいいのだろうか。ファンならば心配したり、辛辣《しんらつ》だとしても告げてやらなきゃいけないことがあるんじゃないのか。事なかれ主義と言われた譲でも、不可思議に思えるほどの見て見ぬふりだ。リンがあっけらかんとした日記を書いたから、右にならえで同じ調子で書いた可能性はある。しかし、ファンっていったいなんだろう。この踏み込まない感じが不可解でしかたがない。

「くっそー、希愛のやつ！　腹立ってしかたねえ！」

真夜中だというのにソファーの上でリンが叫ぶ。よっぽど悔しいのか、顔を両手で覆って体を反らしてブリッジ状態となる。あっけらかんとしたブログを書いておきながら、本当は身悶《みもだ》えするほど悔しかったらしい。

「あのさ、ブログ読んだけど楽しそうな記事だったじゃん。絶好調って書いてあったじゃん」

「譲って馬鹿でしょ。ていうか絶対に馬鹿だよね、ブログはファンが読んでくれてんだもん、楽しげに書くのは当然でしょう」

誰だって表と裏があるものだけれど、ここまで本音と建前に落差がある人は会ったことがない。どうせ数人程度しか読んでいないブログのために、体面を取り繕《つくろ》うなんて馬鹿げているじゃないか。

そういえば、彼女はいっぱしのアーティストを気取る子だった。売れっ子アーティストたちはブログで恨み言なんて書かない。だから同じく彼女も書かない姿勢を貫いているのだろうか。

「どうやったら希愛に仕返しできるかな」

リンが頭を抱えたままぼそりと言った。実際のリンがあまりに剝《む》き出しな発言をするので驚いてしまう。

「仕返しってなに？」

「みんなの前であんな恥ずかしい目に遭わされたんだよ。ぶん殴るくらいじゃ気が済まないよ」

「暴力はまずいんじゃないかな。というより、あの子もうメジャーと契約してるんでしょ。会おうったってもうそこらへんじゃ会えないんじゃないの」

「馬鹿。あたしがほんとに手を出すと思ってんの？　ぶん殴るってのはそんぐらいの気持ちだってこと。できないからほかに仕返しの方法はないかなって考えてんでしょうが」

くそー、とか、むかつく、とか言いながらリンはソファーの上で頭を掻《か》き毟《むし》った。足元のクッションを何度も踏んづける。

関わっちゃいけない子なんだとしみじみ思った。今夜アパートに上げたのは間違いだった。希愛だってなんの非もない。リンが勝手に嚙《か》みついて、自分の実力のなさを露呈させただけの話だ。対抗意識が働いて嚙みついたのかもしれないけれど、希愛の歌を聞いたうえで嚙みついたのなら、どれだけ身のほど知らずなのだろう。

悪口を聞かされていると、こちらの心まで黒く汚れてくるような気がしてくる。希愛がいやな人間だったら聞く耳はある。けれど、彼女は才能があるし、かわいいし、十六歳なのに態度はすでに大人だった。はっきり言って、いまや希愛のデビューが楽しみでしかたない。

　なんでリンの話なんか聞かなきゃならないんだろう。どうしたら帰ってくれるかな。ひどく無駄な時間を過ごしているように思えてきた。おかしなことに加担するはめになる前に、なんとか帰ってもらいたい。それとなくにおわせて言ってみた。

「あのさ、もう夜中の二時だよ」

「だからなんだっていうの」

「もう遅いからそろそろ帰ったほうがいいんじゃないのかなって思ってさ。新しく借りたアパートってどのあたり？　タクシー代を貸してあげてもいいよ。料金ちょっとくらい高くても大丈夫だよ。君んちで働いてけっこうアルバイト代もらったからさ」

　露骨に追い返すふうにならないように、笑顔で穏やかに伝える。けれど、リンの癇《かん》に障《さわ》るところがあったらしい。顔を険しくしてまくし立てられた。

「え、なに？　譲はあたしがこんなに悩んで苦しんでるのに帰れってーの？　どういう神経してるわけ？　マジ信じらんないよ」

「いや、でもね、力になれることとあまりないかなって。こう言っちゃなんだけど、お互いあまり知らないでしょう。そんなに親しくないっていうか。仕返しの案をいろいろ出すなら、君のファンに相談すればいいんじゃないかな。ほら、この前ライブに来てたみそ吉さんとかミドリの狸さんとかさ。きっと熱心に考えてくれると思うよ」

慎重に言葉を選ぶ。しかし、リンが目を剝いて驚いた。

「なんなの、その冷たい言い方」

「冷たい？」

「突き放す感じあるじゃん」

「だからさっきも言ったけど、もともとそんなにお互いのこと知らないし、親しくないし」

「なに言ってんの！　譲はみかんアルバイターとして、うちで世話になったんでしょ。だったら家族も同然じゃん。あたしの親父（おやじ）とママを、お父ちゃんお母ちゃんって呼んでたじゃん。それってみそ吉さんや狸さんたちファンよりも、内側の人間ってことでしょう。早い話が身内だよ。身内だったらあたしが悩んでることにもっと真剣になってよ」

家族同然だったのは二宮家のお父ちゃんとお母ちゃんであって、リンは無関係だったのに。というより、リンはお父ちゃんやお母ちゃんから家族として扱われていなかったじゃないか。

なんて的外れな主張をしてくるんだろう。こんなに簡単に人に甘え、そして期待するなんておかしい。いままでもこうした人間関係の築き方をしてきたのだろうか。そういえばギリコは笑いながら言っていた。

「基本的にリンは悪い子じゃないから。ときどき気持ちが先走って、おかしなことしちゃうけど。わたしはリンのこと好きだよ。わたしのライブがあるときは必ずお花とかチヨコとか持って駆けつけてくれるし、スランプのときは電話やメールをこまめにくれて励ましてくれるし。リンのこと好きな人はすごく好きなんじゃないかな。嫌いな人はすごく嫌いだろうけど」

自分は嫌いな側になるんじゃないだろうか。譲は頭を抱えたいところだったが、ツッコミが来そうなので腕組みをしてリンを眺める。仕返しなんてどうでもいい。早く帰ってほしい。もはや困惑以外なにも感じない。

リンは膝《ひざ》を抱え、体育座りとなった。両膝のあいだに顔を埋《うず》める。つらい心境をアピールするポーズだろう。譲が戸惑っていると、「うー、ううう—」と呻《うめ》き声が聞こえてきた。腹でも痛くなったのかとそばにしゃがみ込むとリンが顔を上げる。涙で顔がぐちゃぐちゃになっていた。鼻水も垂れている。呻き声ではなくて嗚咽《おえつ》だったようだ。

「ぶがづくぅ。ぐやじいびょ」

鼻が詰まってなにを言っているのかわからない。ティッシュを一枚渡した。鼻をかんでから、嗚咽交じりに言い直した。

「むかつく。悔しいの。あんなふうに馬鹿にされて。でも、どう仕返ししたらいいかわかんないの。あたしひとりじゃわかんないの」

　リンが両手を伸ばしてきた。抱きつかれるのかと思ったら、リンは両肩をつかんでうな垂れた。おかしな体勢のまま大声で泣き出す。アパートの両隣にも二階にも聞こえているだろう。子供じゃないんだから、わんわん泣かないでほしい。追い出したいところだけれど、穏やかに言った。

「ほら、泣かないで。大丈夫？」

「あたしだって泣きたくなんかないよ。だけど、だけどさ」

　肩から手を離してくれた。袖《そで》で涙を拭こうとする。

「ちょっと待って」

　ティッシュをまとめて取ってやる。しかしリンはティッシュを受け取らない。天井を仰いで吠《ほ》えるように泣く。涙は流れっ放しで、頬から首筋を伝って胸元に流れ込む。しかたがない。涙を拭いてやった。リンはされるがままだ。いったいいくつの子供なんだ。三歳児か。いや、三歳児のほうがもっとちゃんとしている。

「ありがと」

　殊勝《しゅしょう》にもきちんと礼を言う。追加で何枚かティッシュを持たせると、リンはなぜかティッシュを目の上に広げた。涙で濡《ぬ》れたティッシュが顔に貼《は》りつく。

「それ、なにやってるの」

「知ってた？　泣いてるときにごしごし拭くと、次の日に目が腫《は》れちゃうんだよ。こうやってティッシュをそっと置いて涙を染み込ませるほうがいいの。女優さんも泣いたときはこうやってるんだって」

いらないうんちくだ。しかもこのタイミングで。心配した自分が間抜けに思えてくるじゃないか。

「ああ、あたし、ちょっと落ち着いてきた」

「よかったね」

どうでもよくて、ついつい適当に応じてしまった。しかし、その瞬間、譲の目がリンに釘《くぎ》づけになった。不本意ながら、泣きやんで見上げてくるリンがかわいく見えてしまったからだ。「拾ってください」と書かれた段ボール箱から見上げる子犬のような顔をしていた。

いや、いかんぞ、おれ。譲は自分で自分の頬を張った。

「どうしたの。急に自分のほっぺた叩いたりしておかしいじゃん」

「な、なんでもないよ。眠くなってきたの。今日は朝早く起きたから」

「ふーん」

簡単に騙されて相づちを打つその表情もかわいらしかった。まずいな、と首を振る。リンだけは駄目だぞ、リンだけは。とんちんかんだし、自分勝手だし。こんなに話が通じない人はいない。今晩もし親密になってつき合ったりしたら、のちのち数え切れないほどの厄介《やっかい》を背負い込むことになるぞ。言っていることがよくわからない金髪女と譲がつき合いやがった。そうリゾートバイト研究会のやつらから後ろ指差されるかもしれない。

しかし、顔はかわいい。これは揺るぎない事実だ。希愛には劣るが、リンは見た目に限って言えば、譲ごときがつき合えるような女の子じゃない。

言い寄られたら断れないかも。触れられたら抱き寄せちゃうかも。邪《よこしま》な考えで頭がぱんぱんに膨《ふく》れ上がったそのとき、突如としてリンが叫んだ。

「あああ！」

「えええ！」

「なんで譲が叫んでんのよ」

リンに睨《にら》まれる。邪な考えを見透かされたような気がして驚いてしまったのだ。

「いや、びっくりして釣られた」

苦笑いでごまかす。

「馬鹿じゃないの。それより、仕返しの方法、見つかったよ」

「え？」

「どうやったら希愛に仕返しできるか、いいアイデアが見つかったって言ってんの。ふふふ」

にやにや笑いながらリンは立ち上がり、ソファーの上で両手両足を蛸《たこ》のようにくにゃくにゃとさせながら踊った。

「なにやってんの」

「ナイスアイデアが見つかっての喜びの舞」

呆《あき》れているとリンは踊りをやめ、まるでステージ上であるかのような振る舞いを始めた。マイクを握るポーズではるか遠くを見る。気分だけは武道館クラスらしい。

「みなさんにお知らせです。リンは二ヶ月後にニューアルバムを出します。希愛のデビューアルバムの発売日と同じ日に出します。そのアルバムで希愛をぎゃふんと言わせちゃいます。絶対に勝ってみせます！」

「あの、水を差すようで悪いんだけど、希愛に勝つってあっちはメジャーのレコード会社でデビューするんでしょ。ＣＤの枚数でもネットのダウンロード数でも勝つのって難しいんじゃないの?」

「馬鹿だね、譲は。枚数で勝つって言ってないでしょ。希愛がびっくりするほどいいアルバムを作って、あいつに突きつけてやんの。あいつがショックを受けて曲を作れなくなるくらいの最高のアルバムをね。あたしもあいつからショックを受けて、この三日間まったく歌詞もメロディーも浮かんでこなかったんだから。同じことやり返してやらないと気が済まないね」

「それがいいアイデア?」

冷ややかな気持ちを隠しておずおずと尋ねる。しかし、リンの耳には届いていなかったらしい。笑いを噛み殺しながら言う。

「あたしの才能に驚いて、ひれ伏して、大スランプになって、ゆくゆくは引退ってことになるかもね」

高笑いをすると、再び喜びの舞を踊り出した。本当にめでたいやつだ。でも、泣かれるよりはいい。そのいいアイデアってやつに酔って帰ってくれれば、なおいい。おだてて帰ってもらう作戦に切り替えよう。

「おお、いいね。ニューアルバムでぎゃふん。いいねえ」

「でしょ? でさ、ひとつ譲にお願いがあるんだよ。力になってほしいんだ」

「うん？」

　力になれることなんてないはずだけど。

「お金を貸してほしいんだよ」

「金？」

「CDを作るにはお金がかかるの。それを貸してほしいの。いまはアパート借りたりして一文無しでさ、制作資金が出せないんだな。リリース日を希愛と同じ二ヶ月後に設定すると、働いて貯めてる余裕もないの。だから貸して。ね、お願い。売ってちゃんと返すから」

「貸すっていくら」

「三十万」

「えええ！」

　うるさかったらしい。二階の住人から抗議の足踏みをされた。

「インディーズでもCDを作るとけっこうお金がかかるんだよ。販売できるようにマスタリングしてもらって、工場でCDをプレスしてもらって、ジャケットや歌詞カードとかのデザインもやってもらうと、だいたい三十万円になるの」

「全部ぼくから借りようっていうわけ？」

「だってあたしんちで働いて、たんまりアルバイト代もらったって言ってたじゃん。どうせ親父のことだから一日一万円近く出したんでしょ。三十万はもらってるでしょう」

たしかにその通りだけれど。

「けどさ、三十万って大金過ぎない？」

「別にちょうだいって言ってるわけじゃないじゃん。貸してって言ってるの」

「貸せないこともないけどさ」

一年次から長期の休みとあらばリゾートアルバイトに行っていたので、貯金はたっぷりある。加えて実家から仕送りだってある。三十万を貸したところでなんの支障もない。けれど、この三十万円はお父ちゃんやお母ちゃんや島川と働いて貯めた意味のあるお金だ。おいそれと貸してはいけないもののように思える。

「別にアルバムを出すのを希愛と同じ日って決めなくてもいいんじゃないのかな。ちゃんと働いて三十万貯まったら制作するってのはどう？」

「駄目だよ！　希愛と同じ日に出すの！　あの子がCDをリリースするのを見届けちゃったら、心がくじかれてアルバム作る気にならないって！」

「働いてお金を貯めながらアルバムは作れないの？」

「無理言わないでよ。フルアルバムを出すんだよ。しかも全曲新曲の。働きながらじゃ時間がなさ過ぎるよ」

そもそも金銭の面でも、スケジュールの面でも、無理な話をごり押ししようとしているわけか。計画性がないし、二ヶ月後にアルバムを出せたとしても希愛が聞いてぎゃふんと言う可能性はゼロに近い。いや、どう考えてもゼロだろう。さすがにイエスマンの譲も首を縦に振れなかった。というよりも、リンのためを思ったら、思いとどまらせるほうがいい。

「やめておいたほうがいいんじゃないかなあ。冷静になろうよ。希愛がリンのCDを聞いてぎゃふんという確率は低いと思うよ。希愛は本当にリンのアルバムをチェックする？　聞くかな？　CDを出せば少しはリンの気持ちも晴れるかもしれない。けど、そういうレベルでCDを出しちゃいけないんじゃないのかな。時間をかけてもっといいものを作るべきだよ。そもそもあの希愛って子は別格だってば。勝ち負けで言ったら、誰も勝てないよ。たとえリンであってもさ」

一歳しか違わないとしても譲のほうがリンより年上だ。大人だ。精神年齢だったらもっと差がある。大人の意見を述べてやった。

リンは譲を見つめたまま静かに呼吸を繰り返していたが、その目からまたぽろりと涙がこぼれた。見る見るうちに大粒の涙がこぼれ始め、大泣きとなってソファーに崩れた。

「え、え、どうしたの」

顔を覗き込んだら、リンに吠えられた。

「わかってるよ！　希愛に勝てないってことくらいはさ！」

逆ギレかよ。リンの顔はまた涙と鼻水まみれになってしまっていた。

「だけどさ、勝てないってわかってても挑まなくちゃいけないときってあるでしょ。譲にはないの？　なかったの？　あたしはいまだよ。いま逃げちゃいけないときなの。希愛がすごいってのは馬鹿なあたしだってわかるよ。あの子は天才だよ。努力もしてんの。ティルドーンの楽屋で希愛がほかの子と話してるの聞いてびっくりしたよ。八〇年代のニューウェーブの曲をたくさん聞いて研究してるとか、詩集をたくさん読んでるとか。で、ほかの子にも質問してんの。どうしてシンガーソングライターやってるんですかって。楽しいからって答えた子がいたんだけど、希愛はそれはちょっと違うんじゃないかって。希愛が言うの。わたしは楽しいの向こう側に行きたいんだって。すげえ、かっちょいいなって思ったよ。才能はあるし、努力はするし、心構えはすばらしいし。ほんと敵わないんだわ。だけど、逃げるわけにいかないじゃない。あたしだって歌が好きだもん。好きなことで逃げちゃ駄目だよ。逃げたら絶対に後悔するよ。自分を失っちゃうよ。だから負けるってわかっててもやるんだよ！　大切なのは結果なんかじゃないの。百パーセントの力で挑んだって事実だよ！　それは本気で生きたってことになるんだよ！」

リンの熱い言葉を聞くあいだ、譲の頭に浮かんでいたのは千春と野渕の姿だった。ふたりがどんなふうにクリスマスを過ごしたのか想像するのもいやで考えないようにしてきたのに。彼らとのあいだになにが起こったのか、いままでずっとあえてピントをぼやかせてきたのに。

奪った野渕が悪いわけだが男として敵わない相手だからしかたない。千春の心変わりも憎いが恋愛なんだからこういったこともある。そんなふうに自分に言い聞かせてばたと蓋《ふた》を閉め、何重にも包んで心の奥底に沈めてきた。飲み会で野渕に殴れと言われても殴らなかった。くだらない暴力沙汰《ぼうりょくざた》にしなかった自分は偉いということにして、自分を守ってきた。

けれど、リンの言葉を聞くうちに、すべて間違っていたと思った。

なぜ野渕に挑まなかったんだろう。勝てないとわかっていても挑むべきだった。あの飲み会での場面こそ、譲が逃げちゃいけないときだったんじゃないか。自分はあれほど千春を好きだったじゃないか。お互いたくさん触れて、笑って、将来のことも視野に入れて話し合ったこともあった。なのにどうしてあっさり譲ってしまったんだろう。闘わなかったんだろう。大切なのは結果じゃない。百パーセントの力で挑んだという事実のはずだ。好きな女性を奪われたのに、百パーセントの怒りを出さないなんて、自分はなんて情けない男なんだろう。

胸が張り裂けそうだった。後悔の涙が溢れてきた。ずっと目をそらしてきて、考えないようにしてきたすべてのことが、一度に押し寄せてきて飽和状態となる。自分が抱えてきたことを、洗いざらい告白したくてしかたがなくなった。

「してるよ、後悔！」

訊《き》かれてもいないのに譲は千春と野渕とのことを語った。悔しさやつらさを誰かに詳しく語ったことはいままでにない。島川たちにも、ふられちゃったんですよ、なんて軽いノリで話していた。でも、熱いほとばしりを見せたリンには、心の芯で感じた悲しみも怒りもすべてさらけ出していいと思った。リンは泣きながら話を聞いてくれた。もらい泣きをしてくれて、それがまた譲の告白の勢いに拍車をかけた。そして、嗚咽を漏らしながら語り終えたとき、思わずこう言っていた。

「貸すよ、三十万。作ろうよ、ニューアルバム」

「ほんと？」

「男に二言はない。ていうかいままでぼくは男じゃなかった。だから、資金を貸すことで男になろうと思うんだ。ねえ、リン。いいアルバムを作ってよ。希愛に一発かましてやってよ」

　リンが強くうなずく。

「まかせてよ。一発かましてやるよ」

　不思議な高揚感に突き動かされて、譲はリンに手を差し出していた。リンも手を差し出してきて手を握る。結束の握手だ。

「お金を出すからには、ひとつだけ意見を述べさせてもらってもいいかな」

「どうぞ、どうぞ。スポンサー様みたいなもんだからね」

「リンの弱点は歌詞だと思うんだよ」

「げ、ばれた？」

　苦笑いをしたあと舌を出す。

「そこを強化しよう。歌詞ができたらまずはぼくに見せてよ。文学部のぼくがちょっと添削してあげるからさ」

「あれ？　文学部じゃないって言ってなかったっけ」

　もう面倒で文学部で通そうと思ったのに、なんでいまごろ思い出すんだろう。

「とにかく、歌詞の強化。それができたら格段に曲はよくなるよ」

「ラジャー」

リンは手を離して敬礼のポーズを取った。

一週間後に再び会う約束を取り交わす。そのときにできあがっている分の歌詞を持ってくること。三十万円もそのときに渡す段取りとなった。

「なんだかあたしたちチームみたいだね。片仮名でチーム・マアナってどう？　真穴で出会ったからさ」

リンは満面の笑みだ。もの作りに参加するのが初めての譲も、心が躍ってしかたがない。同じように笑顔となる。

「いいね、チーム・マアナ。これから二ヶ月間、駆け抜けよう。いいアルバムにしよう」

こんなふうに誰かと強く結束したことはない。目標を定めて動いたこともない。ニューアルバムができたころには、きっと新しい自分になれている。イエスマン田中ともおさらばだ。興奮で心が浮き立つ。

「ところでさ、譲って傷心組だったんじゃーん」

さっきまで泣いていたくせに、リンはにやにやと笑っていた。なんでいまごろ思い出すかな。

「その先輩に取られたっていう譲の彼女、なんて名前なの。教えてよ」

「どうして」

「イメージが湧きやすいじゃん」

人の不幸は蜜《みつ》の味。困った蜜蜂《みつばち》に目をつけられたもんだ。リンはすっかり元気になって、根掘り葉掘り訊いてきた。

3

約束までの一週間、歌詞というものについて考えてみた。リンの歌詞がつまらないいちばんの原因はボキャブラリーが少ないからだ。薄っぺらいのだ。

けれど、少ない言葉しか使われていないのにいい歌もある。やさしい語彙《ごい》だけで作られているのに深い歌もある。その差はどこで生まれるのだろう。どのようにしたら深い世界観を内包できるのだろう。

あれこれ考えてみたが、なかなか答えは出ない。それならばと多くのアーティストがどんな歌詞を書いているのか詳しく調べてみた。譲の好きなアーティストの中から、好きな曲を選び、ひとつひとつ検証してみた。

リンとチーム・マアナを組んで動いていくわくわく感に突き動かされて、検証作業は苦にならなかった。歌詞のルールやパターンも夢中になって調べた。Aメロ、Bメロ、サビという基本構成に、どんな要素をちりばめれば歌詞の世界が立ち現れてくるのか、なんとなく見えてきた。そして、おおまかながら、どんな曲にも当てはまる法則も見つけられた。この法則を用いれば、自分でも歌詞が書けそうだ。

旅のライターで食っていくという夢のために、毎日メモ帳に日記をつけてきた。おかげで文章力はアップしてきている。センスだって悪くない気がする。もしかしたら、作詞家という将来もありかも。そんな色気も出てきた。

譲が作詞した曲を、リンが歌う。彼女は声がいい。メロディーもありがちだが売れ線は狙えそうだ。間違って売れる可能性がないわけでもない。

メジャーレコード会社から目をつけられたりして。チーム・マアナとして引き続きリンに歌詞を提供して、そこそこ有名になれたりして。野渕に走った千春の鼻を明かすことだってできるかも。

想像したら楽しくなってきた。アルバムができたあかつきには、喜びの舞を踊ってしまいそうだ。あのおかしな蛸踊りを。

吉祥寺《きちじょうじ》のギャラリーカフェで待ち合わせた。リンは四十分も遅刻してやってきた。

髪が伸びて金髪の根元が黒い。上品な髪型にすればかわいいのに。

実はファッションセンスがないのかもしれない。黒のライダースジャケットに、中は白のTシャツ。さんざん着たTシャツなのか、丸襟が伸びて鎖骨《さこつ》が剝き出しになっている。「寒い、寒い」と繰り返しながらやってきたが、ジャケットの前も閉めず、細い首もあらわなんだから当たり前だ。せめてマフラーくらいすればいいのに。

「いやあ、遅れてすまんね」

おっさんくさい口調でリンは譲の向かいの席に座った。ギャラリーカフェなので壁も床も天井も白を基調としていて、テーブルや椅子まで木製の白だ。ほかのテーブルはこのカフェの雰囲気に合うようなファッションの客ばかり。リンはひとり浮きまくっていた。

「これ、例のお金」

分厚い封筒を渡す。

「おー、ありがとう。マジ感謝だよ」

感謝しているなら遅刻せずに来てほしいけど。

「できてる分の歌詞、持ってきた？」

「へ？」

「歌詞を見せてって言ったの覚えてないの」

「そんなこと言ったっけ」

「言ったよ。お金を出したんだから、口も出すつもりだよ」

「きゃー、怖い。スポンサーみたい」

譲は思わず眉《まゆ》をひそめた。リンは自分で「スポンサー様みたいなもんだからね」と言ったことを覚えていないのだろうか。彼女のちぐはぐなところに、ため息が出そうになる。

この一週間、待ち合わせ場所や、メロディーに歌詞をつける方法などについて、リンにメールを送ってきた。けれど、返信がなかったり、あってもメールの質問にきちんと答えていなかったりで、スムーズにいかなかった。ひとつのメールにふたつの用件を書くと、たいていひとつしか返事がない。ちゃんと読んでいないのだろうか。それとも答えなくてもいいと思っているのだろうか。どちらにしても、返事がないと話が進まない。答えてもらわないと空振りしたような、がっかり感に陥る。軽んじられている気だってしてきてしまう。

たぶん、ちゃらんぽらんな人間だからなんだろう。みそ吉やミドリの狸がブログにコメントしても、返事を書かない場合があることにも気づいた。少ないファンの少ないコメントなのだから、返事くらいすればいいのに。律儀じゃないというか、愛がないというか。シンガーソングライターとしても、人としても、まずい態度だと思う。

また、メールではわかりにくいので電話で作詞と作曲の方法を尋ねたら、「うーん、歌詞は結局フィーリングで」とか、「何度か歌ってるうちにピーンときたら」とか、「ズキューンって感じが欲しいんだよね」なんて答えばかりで、わざわざ電話したのにどうも要領を得なかった。作詞や作曲に、彼女なりの方法論やこだわりがないらしい。それは譲にとって本当に驚きだった。

これは曲作りだけに限ってではなく、リンの全般に言えることだけれど、あの子は物事をきちんと考えていないんじゃないだろうか。行き当たりばったりの、思いつき。計画性などなくて、反応の連続が彼女なのだ。だから言っていることに一貫性がないのだ。

考えなしなのも問題だが、リンの心に関しても心配した。譲の場合、基本的に心のドアは開けっ放しだ。他人が覗き込んできたり、入ってきたりするのを、内側からはらはらしながら見守っているイメージがある。イエスマンゆえに土足でずかずか入られて、文句さえ言えないときがあるが、一応はドアの奥に心を隠している。人として好きなのは、いつも心がここにあると知りながらも、あえてドアの内側に踏み込んでこないタイプだ。

しかしながらリンの場合、そのドアさえない。囲いも屋根もない。あまりに明け透けだ。喜怒哀楽による瞬発的な反応ばかりで、複雑な心の動きを感じない。慈《いつく》しみとか、戸惑いとか、後ろめたさとかの微妙な揺らぎが見られないのだ。

つまり、リンは単純で短絡的。そんな彼女が歌詞で人々にメッセージを発していけるのだろうか。

「あー、じゃあさ、こっちに書いた歌詞でもいいかな」

リンはホットココアを注文したあと、スマホを取り出した。

「ノートとかメモ帳に書いてるんじゃないんだ」

「自分ちで時間があるときはね。あれ？　あの歌詞こっちじゃなかったかな」

ライダースジャケットやジーンズのポケットをリンはごそごそやり出した。

「あった」

出てきたのは見るからに使い込まれたグレーの携帯だった。機種としてもかなり古そうだ。

「携帯とスマホと二台持ちなの？」

「そうそう」

「お金かかるでしょう」

スッカラカンと言っていたが、こういうことに金をかけているからだ。

「だってこの携帯どうしても解約したくなかったんだもん。だけどスマホのほうが便利だから欲しかったんだもん。ライブの会場や練習で使うスタジオの予約とか、メールでするときはやっぱスマホのほうが楽でしょう。お、見つけた。歌詞あったよ。これはどう？　一番しかできてないけどさ」

リンが携帯を渡してきた。「星の裏側」とタイトルがついていた。

あたしが朝を迎えたとき
夜を迎える国があって
あたしが笑顔で歌ってるとき
その国では誰かが泣く
この星の裏側で
飢えて死んでいく子供の数はいったいどれくらい？
戦争で奪われていく魂の数はどれくらい？
もっとラブが溢れたらいいな
世界がピースに包まれたなら

携帯のディスプレイを見つめたまま譲は固まった。出だしはいいな、と思った。しかし、後半に唐突に現れるこの重たすぎるテーマはいったいなんなんだ。反戦歌でも作ろうと思ったのか。

「どうかな。あたしにしちゃ、けっこう難しい言葉使って作ったんだけど」

「お、おう」

リンが自信満々なので、すぐに批判できなかった。

「そうだね、まあ、いいと思うよ」

「ほんと？」

褒められてうれしかったのか、例の喜びの舞を踊る。でも、そんな蛸踊りをするような雰囲気のカフェじゃないのでやめてほしい。

「ただ、ちょっとテーマが壮大すぎないかな」

「大切なこと歌ってると思うけど」

「大切だよ。だけど、立派なことを歌えばいい歌になるってわけじゃないでしょう」

「お、譲。なんかいまいいこと言わなかった？」

リンが身を乗り出してくる。上からの態度なのは癪《しゃく》に障ったが、話を推し進めるために受け流す。

「歌は聞く人がいて成り立つものだとぼくは思うんだ。もう少し聞く人の心をくすぐるような歌を作ったほうがいいんじゃないかな。この歌詞みたいな大きなテーマは大御所のアーティストに任せて、いまのリンだから歌える歌を作ろうよ。いま東京で暮らしている十九歳の女の子の歌っていうかさ」

「たとえば？」

「前にリンはいやがってたけど、恋愛の歌かな。ラブソング」

「えー、マジでやだよー」

駄々っ子のように椅子の背もたれに寄りかかり、ばたばたと足を踏み鳴らした。

「女子のファンが欲しいって言ってたでしょう。ブレイクするには女子のファンは必要だよ。女性のシンガーソングライターにしても、韓国の俳優や歌手にしても、秋葉原出身のアイドルグループにしても、女子に支持されてから伸びたわけでしょう。で、同性のファンの心に訴えるにはラブソングがいちばんじゃないかな」

「あたしさ、あるある系って苦手なんだよ」

「あるある系？」

「テーマが初恋でも失恋でもラブラブ状態でも、結局は聞く人が、あるあるって思う歌が売れるわけじゃん。あたしにもあるある！　わかるわかる！　なんてさ。難しい言葉で言ったら共感ってやつ？」

共感は難しい言葉じゃないけどね。

「それで？」

「あたしは、あるあるなんてすぐに思われるような歌を作りたくないの。そんな歌、誰でも作ってるわけじゃん。あるある感を上手に歌詞にできるやつが売れるっていうその競争に参加したくないの」

言っていることは立派に聞こえるし、一応は筋が通っている。

「じゃあ、リンはどんな歌を作りたいのさ」

「うーん、だから、そこがうまくまとまらないっていうかさ。もっと心にビキッとくるような歌ならば恋愛がテーマでもいいんだけど」

椅子の上だというのにリンは片膝を抱えて顎《あご》を載せた。

「恋愛がテーマでも、もっと深いところまで歌えればいいってことかな」

「まあ、なんというか、そんな感じ」

リンは梅干しを食べたときのように口をすぼめた。譲の言葉をちゃんと理解しているようには見えない。のらりくらりとかわして、この話題から逃げようとしているように思える。

「ギリコさんの恋愛の歌、そういう意味じゃよかったんじゃないの？　ラブソングなのに、あるある感がなかったよ。もうギリコさんのプライベートが透けて見えて困るくらい、ギリコさんしか歌えないラブソングだったもんね」

「そうなんだよ。相方は恋愛を上手に歌うんだよ。けど、やれって言われても困るし、あたしはあんなふうに自分のことを言葉にできないし。自分でもわかってんだ、みんなみたいに言葉が出てこないって。ぶっちゃけて言えば日本語が不自由っていうかさ」

ボキャブラリーに難があるのは自覚しているらしい。

「まあ、ボキャブラリーの問題もあるけど、難しい言葉とかきれいな言葉を使うんじゃなくて、自分の気持ちをぴったり表した言葉なら、それでいいでしょう」

リンのためになるべく嚙み砕いて言ってやる。しかし、リンは頭を抱えて目をつぶった。

「うーん、うーん、わかってるんだよ、そんなことは。あたしだって自分だけの言葉で、自分だけの声で歌いたいんだよ。難しいから困ってるんじゃん。あー、いろいろ考えてたら頭が痛くなってきた。熱かなあ」

十九歳にもなって知恵熱かよ。

「これからリンが歌詞を書くうえで役立つように、この一週間ぼくなりに研究してきたんだよ。ぼくの好きな曲とかヒット曲を検証して法則をつかんだのさ。それをこのあと教えようかなと思うんだけど」

「待って。研究とか検証とか言われると拒否反応」

リンは首をぶんぶんと振り、ホットココアをひと飲みして再び頭を抱えた。


譲の見つけた法則は、リンに伝えられることのないままお開きとなった。リンが聞く耳を持たず、のらりくらりとかわして雑談しかしなかったからだ。

「ねえねえ、譲は行きたい国ある?」

目を輝かせてリンが訊いてくる。法則について話す機会を与えないように、新しい話題を持ち出してきたのは見え見えでいらいらした。

「まあ、あるよ」

「どこどこ?」

「東南アジアもいいし、エジプトもいいし、北欧も行ってみたいし」

楽しい話題のはずなのに怒ったような口調となる。リンばかりがにこにこと笑い、

「ほら」とうながすように言ってきた。

「ほら？」

「あたしがどこの国に行きたいか譲に質問したんだよ。今度はそっちの番でしょ。どこの国に行きたいか訊いてよ」

面倒くさいな。リンがどこの国に行きたいかなんてどうでもいい。

「リンはどこの国に行きたいの」

「アメリカ！」

間髪入れず答えた。大きな声だったので、ほかのテーブルの客が驚いている。恥ずかしくなって譲は小さくなった。

「どうして行きたいと思う？」

「知らないよ」

「アメリカにはね、あたしの好きな音楽があるからだよ。その本場アメリカであたしの好きな音楽をやるの！」

また例の大風呂敷《おおぶろしき》が出たよ。言うことばかりは大きいのだ。言うのはタダだけど、言っていることとやっていることに差があり過ぎる。リンは自分で恥ずかしくならないのだろうか。

「ルート66を車でぶっ飛ばしてみたいんだよね。あたしの好きな音楽たちに触れながらさ」

訊いてもいないのにリンは楽しげに話し続けた。そういえば以前に「マザー・ロード」という曲を歌っていた。いま思えば、あの曲のタイトルは、ひとひねりしてあってよかった。ボキャブラリーの少ない彼女にしては、センスのあるタイトルをつけたもんだ。

結局、雑談ばかりで店を出た。次回の打ち合わせは一週間後。それだけはなんとか決めた。

「次に会うときは歌詞ちゃんと持ってきてね」

「ラジャー」

「渡したお金、落とさないようにね」

「わかってるよ」

「宿題として、もっとプライベート感をばっちり出した赤裸々なラブソングを書いてみて」

「ぶー」

イエスともノーとも答えずにリンは帰っていった。気乗りしなさそうなのは、顔でわかったけれども。

それから毎日どうやったらあの法則をリンに教え込むことができるか、頭を悩ませながら過ごした。売れっ子アーティストたちの歌詞を書き出し、その法則通りになっていることを示しつつ、教えてやれば理解してくれるだろうか。

最終的に目指すのはリンがその法則に則《のっと》って作詞できるようになることだ。譲がすべての作詞を請け負えば話は早いが、シンガーソングライターとして成功したいというリンの夢に沿う形で応援したい。チーム・マアナとして応援はしたいけれど、まずはシンガーソングライター、リンありきで動いていきたい。マイナスの理由というか、本音を言ってしまえば、リンにつきっきりなのはいやだし、彼女がやるべきことをすべて背負い込むのは面倒でもあるのだ。

次の打ち合わせはどこで落ち合うか、メールを送ってみた。けれども、返信がない。日にちと時間は決めてあったので、場所を伝えるメールを送っておくことにした。それに対してもなんの返事もなかった。

また返信をさぼりやがって。リンがどういった人間かわかってきたので、そんなふうに受け取って一週間が過ぎた。待ち合わせ場所の高円寺《こうえんじ》のカフェには、返事がないまま行くことになった。リンはやってきていなかったが、どうせまた遅刻してくるんだろう、くらいに考えていた。

ところがリンはやってこなかった。それから数日のあいだ、毎日メールを送ったり電話をしたりしたが、音信不通のまま。ブログの更新も止まっていた。

いやな予感がよぎった。慌てて彼女を探そうとしたが、住まいもわからなければ普段どこにいるかもわからない。帰宅してネットで名前を検索してみた。けれど、出てきたのはすでに見た彼女のブログと過去のライブ会場での活動についてだけ。

リンのやつ、どこへ消えたんだ。三十万円を貸したままだぞ。

実家の真穴に帰っている可能性は高い。しかし、お父ちゃんとお母ちゃんの気を揉《も》ませたり、憤慨《ふんがい》させたりするのは避けたい。探《さぐ》りの電話は入れられない。

はたと気づく。お父ちゃんとお母ちゃんから九十万円も盗んで逃げたリンだ。両親からだって金を盗むのだ。知り合ってすぐの譲から三十万円を盗むなんて、彼女にはちょろいことじゃないか。

「やられた！　ちくしょう！」

新しいアルバムを作るなんて、端《はな》から嘘《うそ》だったんだろう。希愛への仕返しを涙ながらに語られて心動かされたが、あれも金を盗むための方便だったわけか。

涙目になってリンを探し回った。野方のミヨシ食堂にも行ったし、ティルドーンのテンガロンハットの店長にも会った。誰も行方を知らないようだった。

相方と呼ばれていたギリコにも会った。彼女のライブスケジュールを調べて、御茶《おちゃ》の水《みず》にあるライブハウスへ訪ねていったのだ。

リンがいなくなったことは、ギリコも譲から聞かされるまで知らなかったらしい。ひどく驚いていた。急いでリンに電話やメールをしてくれたが、譲に対してと同様に電話は出ないし返信もなかった。

ただ、さすが相方とか双子の姉妹と呼ばれていたギリコだけあって、三日前にリンから電話があったのだという。

「歌詞が書けないって悩んでたよ。アルバムは本当に作る気あったと思う。お金に関してはね、ルーズなところがあるからなあ。前も五十万円出したらプロモーション・ビデオを制作して、コネのある大手レコード会社に売り込んでやるって人に騙されて、サラ金から借りて払ったら逃げられたんだよ。リン、売れたくて売れたくてしかたなかったから、ころっと騙されちゃってさ。ショックで働けなくなって派遣で行ってた会社もクビ。返済が滞って最終的にけっこうな額を払ったんじゃないかな。アパートも借りるとかで九十万くらい必要だって言ってたもん。貸してって言われたけど、とてもじゃないけど無理だったし」

九十万という額に聞き覚えがあった。

「リンはどうやってそのお金を払ったんですか」

「それがわからないんだよね。あのときもあの子、急に消息不明になって、戻ってきたらお金のことは解決してたんだよね。どうしてたのって訊いたら、鳥になって飛んできた、なんてわけわかんないこと言ってたよ」

ブログのプロフィールで鳥になるという記述があった。あれは借金で首が回らなくなって飛んで消えたという意味だったのか。実際は真穴に戻って盗みを働いただけのことを、かっこよく書いただけだったのだ。いっぱしのアーティスト気取りにして見栄っ張りのリンなら書きそうなことだ。

「譲君も腹が立ってしょうがないだろうけど、あと少し待ってあげてくれないかな。それがあの子の双子の姉であるわたしからのお願い。お金もきっと戻ってくるよ。たぶん、今回また鳥になっちゃったのは、曲作りのプレッシャーだと思うから」

「プレッシャー？　リンが？」

あの図太そうなリンが重圧を感じると思えない。

「あの子、人前じゃ余裕ぶってるけど、実はいつもぎりぎりだからね。わたしなんかよりよっぽどぎりぎり。普段は大きなこと言って自分に発破《はっぱ》かけてるの。本当は曲作りでもステージでのパフォーマンスでも、人の反応が怖くてびびりまくってるくせに」

「本当ですか。信じられないですよ」

「譲君、リンにラブソングを作るように勧めたんだって？　しかもわたしみたいな感じのプライベート感が出まくりの」

「はい」

「それがプレッシャーだったんじゃないかな」

「歌詞で自分自身を晒《さら》すのってしんどいと思いますけど、逃げるほどのプレッシャーとは思えないんですけど」

「リンはどうかな。自分の恋愛話したがらないタイプだからさ」

「え、あいつに彼氏なんていたんですか」

　別にリンを好きなわけじゃない。なのに、妙な失望感を覚えた。

「いるよ。ていうかラブラブだよ。お互い毎日必ず一件はメールするようにしてるみたいでさ、ライブの打ち上げで朝方になっても必ずメールしてるもん」

　人の金を持ったまま行方をくらますようなやつに彼氏がいる。想像しただけではらわたが煮えくり返ってきた。彼氏がいるなら簡単にラブソングくらい作れるじゃないか。金だってそいつから借りればいいじゃないか。なんだかんだ言ってリンも顔の作りはいいから、それだけでつき合う男もいるのだろう。中身なんか関係なくてもいいってことだ。

　馬鹿じゃないの。まだ見ぬ彼氏へ心の中で悪態をついたとき、ふと気づいた。

「ギリコさん、そのリンの彼氏ってどこにいるんですか。リンってその彼氏のところにいるんじゃないですか？」

「その可能性は高いよね。けど、ちょっと遠いんだな」

「遠い？」

「松山にいるらしいんだよ。愛媛県の松山市。遠距離恋愛だから毎日メールすることにしてるんだと思うよ。けっこう年上だって聞いたけど。もう五年くらいつき合ってるんじゃないかな。ああ見えてリンって一途《いちず》なんだよね」

　譲の口からため息がもれる。松山じゃどうしようもないじゃないか。ギリコに礼を言ってライブハウスを出た。

　ギリコはプレッシャーでリンが逃げたと言っていた。譲が赤裸々なラブソングを作るように言ったせいだ、と。自らを晒してのラブソングが、行方不明になるほどいやだったのだろうか。譲としては納得がいかない。

　やはり、リンが逃げたのは金だ。三十万円を持ち逃げしただけなのだ。きっといまごろその三十万円を持って松山の彼氏のもとに行き、人の金だからとばら撒《ま》くように使っているとことだろう。ちくしょう。

チーム・マアナでそこそこ売れたりして、などと浮かれていた自分が情けなくてしかたがない。リンのためにと、真面目《まじめ》に歌詞の法則について考えていた自分も馬鹿みたいだ。いっときでも楽しいと思った愚かな自分を、いまは記憶から抹消《まっしょう》したい。ぶん殴って倒し、唾《つば》を吐きかけ、踵《かかと》で踏み殺してやりたい。

寒風に吹かれながら夜の街を歩いた。手足に力が入らなくて、車道に体を投げ出したい衝動に駆られる。車でもバイクでもなんでもいいから轢《ひ》き殺してくれ。そんなことばかり考えた。

千春には男として見限られ、リンには侮《あなど》られて金を盗《と》られた。

「ほんと、馬鹿だな！」

聖橋《ひじりばし》の上から目いっぱい叫んだ。東の空は秋葉原のネオンで紫色に染められている。右を見ればＪＲの御茶ノ水駅。眼下を丸《まる》ノ内《うち》線が走っていく。見えるものすべてが自分から縁遠い。よそよそしい。そして、疎《うと》ましい。

石張りの欄干《らんかん》から身を乗り出して真下を覗く。まるで谷底を見下ろしているかのように水面は遠くて、夜のいまは真っ暗だった。

その暗さがいまの自分にはもっとも身近で似つかわしい。光など届かない。真っ暗で真っ黒。こんな心の状態でひとりの人間のことを考えたのは初めてだ。リンという大嫌いな人間のことを。

Ⅲ　夏の色

1

広島ではお好み焼きを食べた。厳島《いつくしま》神社を観光し、鹿《しか》にパンフレットを食べられて島川に大笑いされた。

夕方、広島港を出て、四国へ向かう。譲が育った茨城の古河は海が遠く、同じ茨城の大洗まで優に二時間はかかる。海に馴染《なじ》みはない。ましてや小島が点在する瀬戸内《せとうち》の海は珍しくて、いつまでもフェリーの甲板に出て外を眺めた。空にはなかなか沈んでいかない八月の太陽が輝いている。汗に濡《ぬ》れた肌に海風が気持ちいい。

「まだ外にいたのか」

船室で昼寝をしていた島川が出てきた。

「こういう景色、初めてなんですよ」

フェリーは呉《くれ》を経由して松山に向かう。島川が選んだルートだ。

春が終わるころ、島川から誘いがあった。夏に真穴に行かないか、というものだった。夏休みのあいだ、リゾートバイト研究会の部員と海の家や温泉旅館で働くのがいやだった譲は、喜んで誘いに乗った。

島川はみかんアルバイターとして年の暮れまで働いたあと、沖縄でサトウキビ刈りをしていたらしい。春にサトウキビ刈りが終わってからは、長野の饅頭《まんじゆう》工場に住み込んでアルバイト。かなりの貯金ができたと自慢していた。今回愛媛に立ち寄ったあと、インドやネパールを数ヶ月間かけて歩く旅に出るのだという。みかんアルバイトには不参加。だから夏のあいだにいままで世話になった人たちに会いに行こうと計画し、譲も誘ってみたのだという。

松山観光港からバスで高浜《たかはま》駅に移動し、そこからは伊予鉄《いよてつ》の高浜線で松山市内まで向かった。路面電車に乗り換え、道後温泉《どうごおんせん》に向かう。夏目漱石《なつめそうせき》の『坊《ぼ》っちゃん』で有名な温泉だ。

「暑いぞなもし」

いつのまに手に入れたのか島川がうちわで扇《あお》ぎながらふざけて言う。だが、譲はいまひとつ気持ちが盛り上がらず、ツッコミを入れることもできない。松山といえばリンの彼氏が住んでいる場所だ。リンがいるかもしれない。アーケード街の隅っこで路上ライブをやっているかもしれない。気もそぞろになって、路面電車からの景色を眺めてしまう。

フェリーで海を渡っているあいだ、リンとなにがあったのか島川に打ち明けた。渋谷でのライブについて、デビュー前の希愛を見たこと、三十万円のこと、ギリコからリンを待ってやってと言われたこと、そして、八月のいまもリンとは音信不通のこと。船旅という打ち明け話にはぴったりのシチュエーションも手伝って、隠すことなくすべて話した。

「おまえ、馬鹿じゃねえの。三十万もぽーんと渡すなんて、お人よしにもほどがあるだろ」

島川は腹を抱えて笑った。

「そんな笑わないでくださいよ。思い出すと、いますぐ海に飛び込みたいくらい傷ついてるんですから」

フェリーの立てる白波を見ていると吸い込まれそうになる。

「すまん、すまん。けど、リンと関わったおかげで、いい目にも遭ったんだからさ。なんて言うんだ、こういうの。怪我《けが》の功名？　違うかな」

島川の言う通り、リンと関わったおかげで、いいこともあった。

きっかけはギリコだ。譲の考えた歌詞の法則がギリコも気になったらしく、そこから歌詞をギリコに見せることになった。すると、なかなかいい歌詞だから、一曲書いてみないかという話になったのだ。

書いたことがないので辞退したのだが、ギリコがぜひにと言うので書いた。ハミングで歌ったメロディーをパソコンにデータで送ってもらい、それに歌詞をつけた。切ない曲調だった。

歌詞の雰囲気はギリコに寄せて書いた。彼女の歌には独特の湿り気がある。また、ギリコの曲をいくつか聞いてみて、英語詞を使わない和風の言葉の世界を好んでいると判断した。だから、歌い出しのAメロは「後悔することわかってて別れたの　街は涙に滲《にじ》んで　傘《かさ》かたむけ　帰り道」といった歌詞にした。

ギリコっぽい恋愛の歌詞を書こうとしても、どうしても自分の恋愛体験は反映される。なので、「東京では冷たい雨　あなたを待ってた夜みたいね」と続いていく。タイトルはギリコと話し合い、奇を衒《てら》わずキャッチーに、「トーキョー・レイン」となった。

サニーレコードという名の、もともとはアメリカを発祥とする大手音楽ソフト販売チェーン店がある。テレビの音楽情報番組のスポンサーとして有名で、自社でインディーズレーベルも抱えている。

そのサニーレコードでアーティスト発掘オーディションがあった。ソロだろうがユニットだろうがバンドだろうが編成は不問、条件はレコード会社や芸能事務所に所属していないこと。今年は千組の応募があり、送付したオリジナル音源によって三十組にしぼられ、その後サニーレコード各店舗の試聴コーナーで一般投票を受けて上位五組が勝ち抜き、五組はそれぞれ一枚五百円のコンピレーションCDを作って店頭販売し、売り上げの上位三組がライブ審査で最終選考を受けてグランプリを決めるというものだった。

ギリコも参加していて、あれよあれよという間に勝ち上がり、三曲入りのコンピレーションCDを作れる五組まで残った。そのとき、ティルドーンなどのライブ会場のアンケートで、「トーキョー・レイン」の評判がよかったので、三曲のうちの一曲に入れることになったのだ。

残念ながら、グランプリは四人組のロックバンドだった。準グランプリは女性アーティストを中心としたソロ・プロジェクト。ギリコは三位。しかし、「トーキョー・レイン」を気に入ってくれたひとりのオーディションスタッフが、あちこちに売り込んでくれて、ＣＳのお天気チャンネルの公式テーマソングとなったのだ。曲は失恋ソングだし雨の歌だが、希望や強さを感じさせるすばらしい曲だ、とのこと。そして、この曲はネット上で無料配信され、累計《るいけい》百万ダウンロードを達成したのだ。ラジオからギリコの歌声を聞くこともあったし、深夜の天気予報でギリコのプロモーション・ビデオが背景として流されることもあった。

「ワード、バイ、ユズルだって」

そのギリコのＣＤを渡すと島川は譲の名前を目ざとく見つけて笑った。歌い手のギリコに合わせて譲は片仮名表記のユズルにしたのだ。

「やめてくださいよ。自分でも恥ずかしいんですから」

ユズルだなんていっぱしのアーティスト気取りで恥ずかしい。けれど、作詞者としてギリコのＣＤに関われたおかげで、千春に見限られた悲しさにも、リンに騙《だま》された悔しさにも、浸らずにいられた。人生の暗黒時代に突入せずにいられたのだ。

譲の家族もリゾートバイト研究会の連中も、譲の書いた歌詞がたくさんの人に届いていることは知らない。ギリコの歌なら聞いたことがあるかもしれないが、作詞をしたユズルの存在なんて知らない。だから、譲を取り巻く状況は以前とまったく変わっていない。部室に入っていけばみんな黙るし、千春はあいかわらず野渕にべったりなようで、社会人となった野渕とこまめに連絡を取り合っているらしく、譲など眼中にないといった態度のままだ。大学には居場所がまったくない。

しかし、ギリコの歌声に乗って、自分の書いた言葉がたくさんの人に届いていると思うと、自分にも存在価値があるんじゃないかって考えることができる。ギリコからは次のフルアルバムのために、いくつか歌詞を書いてくれと頼まれている。必要とされるってうれしい。誇らしさもある。

どんなに空が曇っている日でも、その雲の上には真っ青な空が広がっている。そういうふうに考えられるようになった。いまはいつだって、雲ひとつない完璧《かんぺき》な青い空を胸に思い描くことができる。晴れやかな結果がもたらした、晴れやかな強さ。雲の向こう側にある完璧なブルーが、自分を少しばかり強くしてくれていた。

「おれはさ、譲がリンの歌を的確に批評したとき、文才あるなって見抜いたけどね」

「批評だなんてよしてくださいよ」

「作詞家ユズルの誕生か。すげえな。いっしょにみかん取ってたやつなんだぜって自慢できるよ」

「たった一曲書いただけですよ。ギリコさんもメジャーデビューしたわけじゃないですし。それだったら希愛のほうがよっぽどすごいですよ」

「おお、希愛ちゃんな！　あの子はほんとすげえな。歌にそんな詳しいおれじゃなくても本物だってわかるもんな」

希愛はデビューアルバムにもかかわらず、週間アルバムチャートで一位を獲得した。収録されている十二曲中七曲にCMやドラマ主題歌としてタイアップがついていて、最初から成功が約束されたようなデビューだった。さらにデビュー前から撮影されていた映画で主演。容姿に恵まれているうえに、演技も絶賛され、地方の映画祭ながら主演女優賞を受賞。多くの女性ヴォーカリストを輩出した養成塾の塾長が、最高傑作になると言うだけはあった。

いま思えば、ティルドーンで希愛を見られたことは本当に貴重だった。シンデレラガールの誕生前夜に立ち会えたのだから。

道後温泉で汗を洗い流し、松山駅から宇和島行きの特急に乗ったのは夜も八時のことだった。リンの実家へ挨拶に行くのには遅すぎる。どうするつもりなのか島川に尋ねても、「大丈夫、大丈夫」としか答えない。いちばん心配になるせりふだった。

八幡浜駅に到着すると、島川は八幡浜フェリーターミナルの方面へ歩いていく。街は閑散《かんさん》としている。スーパーやコンビニ、ファストフード店に携帯ショップなど、どこの街にでもありそうなものなら一応ある。けれども、みんなだいたい一店舗ずつしかない。競合店などないのだ。また、東京にあるような、おしゃれなカフェやかわいい雑貨屋もない。街全体に素朴なイメージがある。そして夜ともなると走る車の数さえ減ってきて、人の気配が恋しくなるくらい静かになる。

これ以上行ったら飛び込みでも泊めてくれるようなホテルはなくなる、というあたりで島川は右折した。

「あー、ここ、ここ」

島川は笑顔を見せてから、さびれたアパートの外階段をのぼっていく。戸惑う譲を残して二階へ行くと、鍵《かぎ》を取り出していちばん端の部屋のドアへ差し込んだ。慌てて階段を上がり、島川のもとへ駆け寄る。

「え、どういうことですか」

「ここ、おれの家。借りたんだよ。どうぞ」

さっさと中へ入っていく。譲も続いた。長いあいだ窓が閉め切られていたせいか、澱《よど》んだ空気が漂っていた。

「築二十五年、２Ｋで二階の角部屋で家賃は三万三千円。沖縄でサトウキビ刈りのアルバイトが終わってから借りたのさ」

窓を網戸《あみど》にしながら島川が言う。

「東京のアパートはどうしたんですか」

島川は東中野《ひがしなかの》に家賃三万円という東京では破格のアパートを借りていた。風呂《ふろ》なしの和室の三畳。隙間風《すきまかぜ》が入ってくるほどのボロアパートだったと聞いている。

「引き払ったよ。別にもう東京が拠点じゃなくてもいいかなって」

一年のほとんどを島川は地方で働きながら過ごしている。一月から三月は沖縄でサトウキビ狩り、四月と五月だけは東京で運送業などの割のいいアルバイト、六月から八月は北海道で昆布干し、九月から十一月は同じく北海道でシャケバイ。シャケバイとは秋のサケの盛漁期に、水産加工場に住み込んでイクラの加工などを行うアルバイトだ。そして、十二月の末まではみかんアルバイター。

「人生の一大転機じゃないですか。思い切りましたね」

「高校出たあと上京してずっと東京だったからな。やっぱり引き払うのは寂《さび》しかったよ。もともと流行《はや》りもんが好きでウェブ関連の仕事に就いたようなところがあったからさ、最先端のものがなんでもある東京は離れがたかったなあ」

「でも、アパートに帰るのは一年間でちょっとだけなら、わざわざ引き払うこともなかったんじゃないですか」

「未練や執着がある気がしちゃってさ。東京好きだったけど、おれを苦しめていたのも東京だったしね。ここですぱっと切ってみた」

働きずくめで心身ともに調子を崩したと聞いている。以前に見せてもらった写真の中の島川は、神経質そうで取っつきにくそうだった。

「譲みたいに学生のうちはまだいいんだよ。学校っていう同じ枠組みの中にいるから。だけど働くようになると、年収とか学歴とか業務成績とかですぐに比較されるようになって、そういう物差しじゃなかなか太刀打《たちう》ちできないおれとしては、気が塞《ふさ》いじゃってさ。でも、ほかのやつらとの比較の中でしか自分の価値を見つけられなくて、気づいたら自分が本当にしたいことことか、本当の自分の価値とかを、見失っていたんだな」

島川は途中で立ち寄ったコンビニで買った缶ビールの一本を譲に渡してきた。

「ありがとうございます」

「枠組みはどんどん外していけよ」

「枠組みですか」

笑って島川が言う。

「いろんな枠組みがあるだろう。人間関係にしろ、社会通念にしろ、こうしなきゃいけないっていう枠組みがさ。おれは東京という枠組みと、まっとうなサラリーマンとして働かなきゃいけないっていう枠組みを外したんだ。そしたら、ハゲが治ったんだよ」

「ハゲ？」

「会社で働いてたころ、ばさばさ髪の毛が抜けてさ。遺伝かな、なんて思ってたんだけどストレスだったんだな」

「全然ハゲてないじゃないですか」

「治ったんだよ。会社辞める寸前のころなんて、地肌が見えてたもん。ま、いろいろと枠組みが外せたのは、真穴に来て、たくさん太陽を浴びて、大地を踏みしめて、人間らしさを取り戻したからだと思ってるんだよね。だから、拠点をこっちに移したんだ。いまは渡り歩きながら働いてるわけだけど、最終的にはこの土地で落ち着きたいと思ってるんだわ」

「こっちで就職するんですか」

「というより就農したいんだ」

「よそ者が農業するのって難しいって聞きますよ」

「手っ取り早く農家の嫁さんを見つけるさ」

島川はのんきに笑う。

「そんな簡単にいきますかね」

「大丈夫、大丈夫」

朗《ほが》らかに言いながら島川は窓枠に腰かけた。網戸から入ってくる風が、島川の髪を揺らしている。

枠組みを外していけ。島川はそう言っていたが簡単なことじゃなかったはずだ。すでにでき上がった人間関係やコミュニティから飛び出すことは難しい。勇気がいる。できないから譲はいまだにリゾートバイト研究会にいる。

大丈夫、大丈夫。

この島川の言葉が彼のいい加減さを表しているようで苦手だったけれど、傷つきながら、あちこち渡り歩きながら、やっとたどり着いたものなのだと気づいた。

大丈夫、大丈夫。

もし、こうしなきゃいけないという枠組みに突き当たったら、唱《とな》えてみようと思った。

明くる日の午後、駅から路線バスに乗って、お父ちゃんとお母ちゃんに会いに行った。一時間に一本しか走っていないバスに揺られること三十分、二宮家のそばへたどり着く。ふたりは大歓迎してくれた。

譲と島川の顔を見ても、リンの話題は出てこなかった。当然ながら、譲とリンのあいだになにがあったかなんて知らないのだろう。

しばらく滞在する旨をふたりに告げ、再びバスに乗って島川と市街地に戻った。みかんアルバイターとして冬に来ると、慌《あわただ》しいうちに滞在期間が終わってしまい、この八幡浜を満喫せずに帰京することになる。夏のいま、せっかくだから観光しようと島川が提案してきたのだ。

駅でレンタサイクルを借り、まずはちゃんぽんを食べに行った。八幡浜はちゃんぽんで有名だった。八幡浜市は人口四万人のところ、ちゃんぽんの店が四十軒以上あるらしい。島川があらかじめおいしいお店を探してくれていて、島川のアパートからほど近い新町《しんまち》商店街のお店に入った。

ちゃんぽんといえば長崎ちゃんぽんだ。豚骨《とんこつ》や鶏《とり》がらで取った白くてこってりしたスープがうまい。けれど、八幡浜のちゃんぽんはスープが白くもないし、澄んでいた。食べてみると、鶏がらや煮干《にぼし》から取ったあっさり系のスープでうまい。もっと早く食べていればよかったと、島川と後悔した。

腹ごなしもかねて自転車を走らせ、五キロほど離れた保内《ほない》を目指す。保内はかつて海運業で栄えた港町で、四国で最初に電灯が灯《とも》った場所なのだそうだ。明治期の赤レンガ塀《べい》や洋風建築がいまも残っていて、風情《ふぜい》ある街並みとなっていた。

行きも帰りも、うねうねと続く海沿いの細い県道を走った。空も海も濃い青をしていて、海を挟んで伸びる岬もそれらの青に染められたかのように青みを帯びていた。太陽のまぶしさに目を閉じると、まぶたの裏の闇《やみ》も青みがかっていた。

東京に比べて暑さが厳しい。汗が止まらない。冬にしか来たことがなかったのでわからなかったけれど、よくよく考えてみると海を西に渡ればそこは九州だ。ときどき仕事中の漁師を見かけたが、驚くほど肌が焼けていた。きっと自分も島川も今日一日で真っ黒になるだろう。

再び八幡浜の市街地に戻ってきて自転車を返却する。喫茶店に入って涼《すず》んでいると、やっと日が落ちてきた。汗をかきながら長い距離を走ったので、ぐったりと疲れた。腰かけた椅子《いす》に体が沈んでいきそうだ。店を出るときは、島川にうながされてやっと腰を上げるといった具合だった。

商店街のアーケード通りは人でごった返していた。今日は夏祭りなのだという。島川は、てやてやウェーブの日だと言っていた。

てやてやウェーブは八幡浜の夏祭りで行われる踊りのイベントだという。団体で参加して踊りながら通りを練り歩く。学校単位で参加していたり、職場の仲間内だったり、居酒屋の常連客たちだったり、単に踊るのが好きな人たちの集まりだったり。コンテストも行われていて、三十団体くらい参加するのだそうだ。

「てやてやっていうのはさ、八幡浜の魚市場で競《せ》りのときにかけられてた声にちなんでるらしいんだ。諸説あるらしいんだけど『手を出せや、手を出せや』と催促しての言葉だって言う人もいるし、『買《こ》うてや、買うてや』からだって言う人もいる。ともかく、この港町の威勢のよさを表す掛け声だから、イベント名につけたんじゃないかな」

フェリーターミナルを目指して歩いていくと、てやてやウェーブの会場である臨海道路にたどり着く。道は歩行者天国になっていて、各団体が踊りながら移動していく。市役所のそばには審査員席もあった。

てやてやウェーブが始まったのは約二十五年前。商工会議所が中心となって企画したのだとか。特徴的なのは曲がロック調であること。衣装も参加者それぞれが創意工夫の上の派手なものだ。新興のお祭りという点で、よさこいソーランの印象に近い。

それまで小中学校の団体が踊っていたが、十九時を回ったので一般の団体が踊り出す。譲も島川も混み合った沿道から踊り手たちを眺めた。みんな満面の笑みで跳ね、回り、声を上げる。譲の育った街ではこうした市民が大勢参加するお祭りはなかった。同じ街の人間が同じ興奮に酔いしれる。それが譲にはうらやましくもあった。

沿道に見知った顔があった。島川に確認する。

「あれ、マンダリンナイトの人じゃないですか」

「マンダリンナイト？」

「打ち上げをやったカラオケのお店ですよ」

フロアレディで名前は麻美だったはずだ。彼女には聞きそびれたことがあった。リンは嘘《うそ》つきだから気づいてあげな、と言っていたがその真意がいまだ気にかかっているのだ。

「ちょっと待っててください」

島川を残し、人混みを掻《か》き分けて麻美に近づいた。向こうも覚えていてくれたようだ。譲を見るなり言った。

「みかんアルバイターの子じゃないの。君もこっち来てたんだ」

「君も？」

「リンといっしょに来たんじゃないの？　あの子、昨日いきなり現れたからさ」

「リン、八幡浜にいるんですか！」

思わず叫んでしまった。麻美が眉《まゆ》をひそめる。

「そんなに驚くことはないでしょ。明日からお盆なんだもん。お墓参りで帰省するもんでしょう」

墓参りなんてリンがするとは思えない。両親ですら大切にしていない彼女だ。ご先祖様のために手なんか合わせるもんか。お父ちゃんもお母ちゃんもリンについてはなにも言っていなかったし、家にも彼女の気配はなかった。実家に帰っていない可能性のほうが高い。

「いまリンはどこにいるんですか」

「どこだろう。わかんないなあ。昨日うちの店に現れたときは、バンドのメンバー集めたいんだけどあてがないかって訊《き》いてたけどね」

「バンドのメンバー？」

「今日さ、すぐそこの公園の野外ステージでロックフェスやってんの。八幡浜のアマチュアバンドが中心になってさ。リンのやつ、バンド組んで出たかったみたい。そんな前日になって急に出られるはずないじゃんって言ったのに顔が利くからの一点張りでさ。なんならギターデュオでもいいから出るって言ってて。みんなに説得されてあきらめてたけどね。ちゃんとタイムスケジュール組んであって、終わったら花火って段取りまで決まってるんだもん。飛び入りなんて無理だって。できても迷惑だよ。まあ、あいかわらずだなって思ったよ。思いつきで突っ走っちゃうあの感じは」

突っ走ってアルバムを作るなんてぶち上げて、結局は逃げ足も速かった。リンの最低なところは直っていないというわけか。金を持ち逃げしたことを反省して少しはまともになっているかも、なんて期待をしていたが甘かった。

「リンはなにか言ってませんでしたか。誰かに会うとか、どこかに行くとか」

「さあね。けど、あたしの予想だとどっかで踊ってるんじゃないかな。あの子、地元に友達多いから今日のてやてやウェーブに飛び入りしてると思うよ。お祭り好きだから絶対に出てると思うんだけどな」

お調子者のリンなら、飛び入り参加はおおいに考えられた。

「ありがとうございます」

麻美に礼を言って離れ、沿道の観客の最前列に陣取った。


目を皿のようにして過ぎていく踊り手たちを見ること三十分、見つけた。譲から見つけたいと思って探していたのに、いざその姿を見たら、見つけてしまったという思いが頭を駆け巡った。見つけられなかったら、平穏な夜のままだったのに。せっかくの夏祭りの夜なのに。

ピンク色のおそろいの法被《はっぴ》を着てリンは楽しそうに踊っていた。騙されて、傷ついて、はらわたが煮えくり返ったときの真っ黒な心がよみがえってくる。聖橋から覗《のぞ》き込んで力が奪われる。

見た真っ暗な水面。あの水が濁流のように心に流れ込んできた。まっとうな思考と判断

「リン！　いままでどこに隠れてたんだ！」

踊りの曲が大音量でかかっているのに、その場のすべての人がぎくりと動きを止める

ほど譲の声は大きかった。叫んだ譲の姿を、踊り手も沿道の観客も何事かと凍りついて

見ている。譲に気づいたリンの目が、大きく見開かれた。

リンの髪の毛は伸び、横分けのショートヘアとなっていた。色も暗い茶色となってい

る。金髪を目印に探していた譲だったが、踊るリンの弾《はじ》けっぷりが尋常でなかったおか

げで見落とさずに済んだ。

緊迫感で誰もが身構える中、最初に動いたのはリンだった。ほかの踊り手や観客にぶ

つかりながら逃げていく。

「待て！」

追いかけて譲も沿道から飛び出した。踊りの列のあいだを縫って道の反対側に渡ろう

とする。すると、リンと踊っていた団体の男性数人が、譲の前に立ちはだかった。譲と

ほぼ同い年のやつらばかりだ。同級生の集まりかもしれない。以前の譲だったらここで

臆《おく》していただろう。けれど、やっと見つけたリンだ。逃がすわけにはいかない。強引に

すり抜けることにした。

ところが踊りで体を動かしていた彼らの反応は速かった。取り囲まれ、腕をつかまれ、ねじ上げられた。

「おい、おまえ、うちのリンになんの用だ」

いちばん屈強そうな男が腕組みで立ちはだかった。

「リンが三十万持ったまま逃げたんだ！」

言った瞬間、手が自由になった。取り囲んでいた男たちが離れていく。立ちはだかっていた男が、さあどうぞとばかりに道を開けてくれた。人垣《ひとがき》も沿道の観客も釣られるようにして左右に分かれ、さしずめ花道といった具合だ。リンのやつ、むかしから仲間内の金を持ち逃げするようなことをしてきたんだろう。

送り出される形でリンを追いかける。見つけられないかと思ったが、大慌てで走るピンクの法被は夜でも目立った。

ふだんあまり運動をしないのだろう。先を走っていたリンはすぐにふらふらになった。お寺の脇《わき》の細い路地でとうとう追いつく。地面にぺたんと座り込み、恨めしそうに譲を見上げてきた。祭りの喧騒《けんそう》も遠く、街灯もない。リンは息が上がって苦しそうに喘《あえ》ぎながら、いよいよ観念したというふうに言った。

「なんだよ、もう。好きにしろよ。なんだってんだよ。どうして譲がここにいるんだよ」

「お父ちゃんとお母ちゃんのとこに遊びに来たんだよ。さあ、金返せ。三十万返せよ。この泥棒が」

「は？　なんだって？　もう一度言ってみな」

急にリンが怒り出して立ち上がった。

「泥棒って言ったんだよ。人の金を持ったまま行方をくらましやがって」

「馬鹿言わないでよ。あたしは行方をくらましてなんていないよ！　ずっと自分のアパートにいたよ。それに盗んでなんかないでしょ。泥棒じゃないでしょ。譲がアルバム制作費として貸してくれたお金でしょう。譲の家に侵入して盗んだとかそういうわけじゃないでしょう」

「あのね、こっちから連絡しても全然出ないで、半年以上も逃げ回ってたら、盗んだって思われてもしかたないでしょう。たしかにリンはぼくの部屋に押し入ったわけじゃないよ。だけど、金を持ち逃げしたわけでさ、これは立派な泥棒だよ」

「持ち逃げって人聞きが悪いな！　別にあたしは金なんかどうでもいいんだよ。だいいち譲のお金には全然手をつけてないんだからね！　封筒に入ったまままそっくり残ってるよ。ちょっと来い。いますぐ返してやるよ」

譲の腕をつかむとリンは猛然と歩き出した。腕を振りほどく。

「どこに行くつもりだよ」

「昨日から中学のときの友達のアパートに泊めてもらってんだよ。そこに金も荷物も全部あるから、いますぐ返してやるって言ってんの」

「ちょっと待ってよ。おかしいだろう。ぼくの金を持ったまま逃げた人間がどうしてそんな偉そうなんだよ。少しは謝るとかないのか？」

「だから金は関係ねえって言ってんでしょうが。そんな金、金、金って言うからいますぐ返すってあたしは言ってんの」

「金が関係ないって言うなら、どうして逃げたんだよ。なんで連絡をよこさないんだよ」

「それは……」

リンがひるんだ。

「ギリコさんだってリンに連絡入れたはずだよ。けど、なんの返事もないって」

「相方には悪いことしたと思ってるよ。けどさ、できなかったんだからしょうがないじゃん」

「できなかった？」

「曲だよ。ニューアルバム用の曲。譲がいろいろと注文出してきただろ、プライベート感ばっちりとか、セキラとか、ラブソングとかって」

「赤裸々ね」

「そう。そのなんとかっていうやつもさ。あたしにはハードルが高すぎんだよ。難しいんだよ。作詞作曲やってて全然楽しくなくてさ、なんにもできなくなっちまったんだよ。たくさん連絡くれた譲には悪いと思ったよ。けど、できねえんだもん。返事できないじゃん。ていうかこれからも歌を作って自分で歌っていく自信だって失《な》くしちまったんだからね。ほんと自分がなんのために存在してるのかわからなくなりそうだったよ。最低の毎日だったよ。あたしだってね、逃げたくて逃げてたわけじゃないんだよ。努力だってしてたんだ。ちゃんと譲の注文通りの曲を作ろうって頑張ってたよ。聞かせられるレベルのものができたら譲に連絡しようって考えてたんだ」

勢いよく言うだけ言うと、リンはくるりと背を向けて歩いていく。

「おい、待てよ」

「自分が来いよ。金返すからさ」

吐き捨てるように言ってずんずん歩いていく。唖然《あぜん》としてしまってそのまま見送りそうになる。慌てて譲も歩き出した。

リンの友人の家は五分もかからなかった。真新しいアパートの三階。女性の友人のようで室内はきれいに片づいていた。フローリングの部屋の片隅に、見覚えのあるギターケースや、使い古されたキャリーバッグがひと塊《かたまり》になっている。リンの持ち物だとすぐにわかった。

「ほら、これでいいんだろ」

キャリーバッグから封筒が出てくる。譲がリンに渡した封筒そのままだった。封筒を胸に押しつけられた。

「ちゃんと三十万あるか、数えてみな」

「いや、いいよ」

ぶっきらぼうに言って封筒を受け取る。金に執着しているように言われたばかりだ。ここで数えたら、ますますそうした印象をリンに与える。

リンはキッチンに向かっていくと冷蔵庫を開けた。まるで自分の家であるかのような振る舞いだ。麦茶のペットボトルを出し、コップをふたつ用意して注ぐと、ひとつを譲に渡した。

「ありがとう」

なんだかおかしい。いや、すべてがおかしい。

金を持って逃げたのはリンだ。それなのにどうして譲のほうが金に意地汚いみたいになっているのだろう。貸したことは貸した。けれど、行方をくらまして連絡をしない不義理を働いたのはリンじゃないか。あいつは、そのことへの罪悪感がまるでない。

リンの言い分は曲ができなかったから連絡しなかったというもの。しかし、できないならできないなりに連絡はするべきだ。自分から二ヶ月後の発売と啖呵《たんか》を切ったのだから、間に合わないとわかったら詫《わ》びや報告を入れるのが礼儀ってもんだ。常識ってもんだ。しかも、曲ができなかったのはプレッシャーをかけた譲が悪いと言わんばかり。作れなかった自分への反省がない。

なにより厄介《やっかい》なのは、この言い分を言い訳や言い逃れで主張しているのではなく、リン自身が本気で考え、徹頭徹尾信じきっていることだ。

どういう認識をして、どのような思考を経れば、こんな馬鹿馬鹿しい主張ができるのだろう。客観性はないのか。というより、申し訳ないと感じる心はないのか。幼い子供だって他人の物を持ったままだったら、いけないことをしたと感じるだろう。譲も小学生のとき、図書室の『シートン動物記』を借りたまま転校したことがある。いまでも気に病んで、隠してある実家の机の引き出しを思い出すのに。

「ギリコは元気？」

金を返してチャラになったとばかりにリンがリラックスして訊いてくる。冗談じゃないぞ。いら立ってきつい口調になる。

「元気だよ」

「あたしもさ、『トーキョー・レイン』聞いたよ。百万ダウンロード超えたんでしょ。すげえよ。渋谷で靴屋に入ったら有線でかかってて、あたし思わず店員に叫んじゃったもん。これ、あたしの相方の曲なんですって」

その店員もなんのことかわからずに驚いたことだろう。

「あの曲、譲が作詞したんだってね」

「そうだけど」

「相方からきたメールに書いてあったよ。返事してないけど」

リンはギターケースを開けてギルドのギターを取り出した。キッチンの椅子に腰かけ、ギターを構える。

「注目されたのはギリコさんの歌声のよさがあったからだよ」

謙遜《けんそん》込みで言う。

「いや、歌詞がいいよ。すげー、あたしじゃ永遠に書けないわー、なんて思った。譲は才能があったんだよ。相方からのメールにも書いてあったよ。譲の歌詞のおかげでステップアップできたって。このままティルドーンクラスの小さい箱で、思い出作りみたいに歌って、シンガーソングライターの活動を休止するのかなって思ってたけど、飛ぶことができたって。すげえ感謝してた」

「ギリコさんが作詞作曲したほかの曲もいまはかなりプッシュされてるんだ。ぼくが関わらなくても、いつか売れたさ」

「きっかけは譲だろ？　あたし思うんだけど、いままでの相方の歌詞だったら注目されなかったよ。相方の歌詞、じめっとしすぎなんだよ。いい歌だけどさ、そのまま地面に潜ってっちゃうような感じばっかり。パーッとしたところがないの」

「救いがないってこと？」

「そう、それよ。譲のも暗いんだけど、最後には羽ばたくイメージがちゃんとあったじゃん。Bメロに『遥《はる》か目指し　羽ばたく強さ　覚えておきたい』って。あれが相方には足りなかったんだよね。そういえば相方はあたしにも礼を言ってたよ。譲との出会いをありがとうって。リンがいなかったら出会わなかったって。やっぱ出会いだよなー。出会って刺激を受けて、ビビッと変わるわけだ、アーティストは」

リンがギターを弾き、歌い出す。「トーキョー・レイン」だった。完全にコピーできていて歌詞もばっちり。練習したのだろう。

目をつぶってリンは歌う。気持ちが入っているのが伝わってくる。声はやはりいい。アパートの一室で独り占めするには惜しいくらいだ。

「え」

壁際で立って聞いていた譲だったが、驚いて声がもれた。リンの両目から涙が流れ出したからだ。泣いたあとのリンはどんどん歌に入っていった。声が澄み、のびやかになっていく。二番に入ったときには、本来の歌い手であるギリコよりもよく歌えていると思った。リンが涙ながらに歌う声が、譲が歌詞を書くときにイメージした世界にふさわしく聞こえたのだ。

すごい。心が震えてしまう。リンの歌なのに。こんなにおかしなやつが歌っているというのに。

リンの声のよさは天性のものなのだ。希愛のような歌唱力はない。けれど、テクニックがないからこそ伝えられるよさもある。切り花ではなく、道端に咲く花の美しさを思う。歌詞の理解度なども関係ない。彼女は声という音を出す楽器として優れている。それだけは誰も疑えないほどの事実なのだ。

「むはー」

歌い終えるとリンは意味不明の言葉を吐きながら涙を拭《ふ》いた。

「大丈夫？」

テーブルの上にあったティッシュボックスを渡してやる。

「ああ、ありがと。気持ち入りすぎちゃって」

「なにか悲しいことでも思い出した？」

「まあね。この曲、なんか悲しい感じじゃん」

「どんなことを思い出したの？」

実はリンが悲しい思い出を抱えていたりして、と恐る恐る尋ねた。

「いやー、だってさー、相方は譲と出会ってビビッと変わったわけだろう。ティルドーンクラスのアーティストからステップアップしたわけだ。だけどさー、あたしのほうが先に譲と出会ってたわけじゃん。歌詞のことも難しかったけどあれこれ言ってくれてたわけじゃん。なのに、あたしはステップアップできなかったわけだ。くそー、いいなー、百万ダウンロード。うらやましいなー、公式テーマソング！　もしあたしが譲の歌詞で歌ってたら、ブレイクしてたのは相方じゃなくてあたしだったかもしれない。そう考えたら、泣けてきて、泣けてきて」

リンはティッシュボックスからさらに二、三枚引っ張り出して目に当てた。例の涙の拭き方だった。

　それにしても、本当にどこまでも自分本位のやつなんだな。呆《あき》れてしまって声が出ない。ギリコに書いた歌詞はリンの声のほうが似合う、なんて一瞬でも考えてしまったことが悔しくてしかたがない。彼女の歌で、心が震えてしまった自分が恥ずかしい。

「提案なんだけどさ、あたしともう一回アルバム制作してみない？　チーム・マアナ再びって感じでさ」

　開いた口が塞がらなかった。リンの頭の中ってどうなっているのだろう。いままで逃げ回っていたくせに、なにをいまさら。

「本気で言ってんの？」

「あ、お金のことで引っかかってるんだね。大丈夫だよ。いままでバイトしてきて三十万なんて軽く貯《た》まってんだ。譲に制作資金を借りなくても済むってわけ」

「いや、そうじゃなくてさ」

　なにもかもがずれていて、どこを修正したらまともなやり取りになるのか見失いそうになる。話す気力さえ奪われる。大きくため息を吐《つ》いてから続けた。

「そうじゃなくて、さっきリンは、歌詞が書けなくてぼくからの連絡に出なかったって言ってたよね。チーム・マアナでもなんでもいいけど、また組んでやっても同じことでしょう」

「でも、あたし、譲が言ってた歌詞の法則、まだ教えてもらってないし。教えてもらえば大丈夫なんじゃないかなー、なんて」

へらへらとリンが笑う。自ら努力するとか、心を入れ替えるとか、そういう言葉は出てこないのだろうか。あまりに簡単に考えているのも腹が立つ。

「法則を説明するには、いろんなアーティストの歌詞を紙に書き出して、順々に説明していかなくちゃならないんだよ。最低でも三十分はかかるし、リンに理解してもらって実際にその法則通りに書いてもらうとしたら、もっと時間はかかると思う」

「えー、マジで？　そこをちゃっちゃとできないかな。カップ麺《めん》並みの早さでさ」

手っ取り早さを求めるリンを見ていてわかったことがあった。以前は譲の言葉に耳を貸そうともしなかったのに、なぜいまは知りたがるのか。法則と聞いただけで拒否反応を示して逃げたのに、なぜ今度は法則にこだわるのか。

リンはギリコと同じようにブレイクしたいだけなのだ。結果が欲しいのだ。努力するつもりもなく、心を入れ替えるつもりもない。うまいことやって、早くギリコのポジションまでたどり着きたいのだ。魂胆《こんたん》が透けて見えていやになった。

「アルバム制作の件、ちょっと考えさせてもらっていいかな」

「え、なんでよ」

「ぼくにはリンが本気で歌を作ろうとしているようには思えないんだよ」

「あたしは本気だよ。いつだってマジだよ」

「じゃあ、リンはなんで歌を歌うの。歌にどんな思いを込めたいの。歌ってなにを訴えたいの。誰に届けたい歌なの」

「一度に言わないでよ！」

頰《ほお》を膨《ふく》らませて怒る。

「あのね、アルバムを出したいってのはわかるけど、アーティストとして主張したいことがあるから出すべきなんであって、そこが明確になってなかったら本末転倒でしょ」

「ホンマツテントウ？　ナナホシテントウなら知ってるけど。あ、もしかして四文字熟語？　そういうのは平仮名で言ってよね」

「だから、リンは歌詞でなにを伝えたいのさ。これって歌詞を書く以前の問題だよ」

「伝えたいこととかー。うーん」

本気で悩むリンを見て、頭が痛くなってきた。伝えたいことも訴えたいこともないくせに、アルバムは出したいなんておかしな話じゃないか。

「あたしの場合、この星に生きるすべての命がすばらしいってのが、いちばん伝えたいことなんだよね。幸せに暮らしてほしいって願ってるし、そうなるようにあたしの歌で世界を変えていきたいし」

「壮太過ぎるって前に言ったじゃん」

リンは不服そうに口を尖《とが》らせたあと、譲の顔色を窺《うかが》いながら言った。

「やっぱり、プライベート感ばりばりのラブソングじゃなきゃ駄目？」

譲が強くうなずくと、リンはまたもや足をばたつかせた。

「やーだーよー。あたし、プライベートの歌、無理！　マジで無理！」

「ギリコさんから聞いたよ。彼氏いるんでしょ。ラブソングなんて余裕じゃん」

「あ、相方のやつ、譲にしゃべったんだ。言っとくけど彼氏じゃないかんね」

「一方的に好きな人とか？」

「まあ、そんな感じ」

照れくさいのかリンはあさっての方向を向いた。

「まずはその人への思いを歌にしてみようか」

「え、なんでそうなるの」

「世の中にごまんとあるラブソングと違うものを作りたいんでしょ。あるある系のラブソングはリンもいやだって言ってたじゃん。ありがちなパターンをさけて、リンの実体験をずばり歌うのさ」

「えー」

リンが抗議の声を上げる。

「その人の名前なんていうの。教えてよ」

「なんで名前なんか」

「イメージ湧《わ》くじゃん」

千春の名前を訊かれたときのお返しだ。リンはうつむいて小声で言った。

「トモキ」

「どんな漢字を書くの」

「片仮名でトモキ。それで歌ってたから」

「音楽やってる人なんだ？」

「あたしと同じようにストリートで歌ってて。あたしにギターと歌うことを教えてくれた人だよ」

リンのプロフィールの表記を思い出す。

「もしかして、リンがブログで書いている、とある人の影響ってそのトモキって人か」

尋ねるとリンは渋々といったふうに語った。

「中一のときに松山に遊びに行ってさ、アーケード通りで弾き語りしてるトモキを見て衝撃を受けたんだよ。なにこれ、すげー、かっこいいって。さわやか系の歌を歌っている人やユニットはほかにもいたんだけど、トモキはアコギで重いロックな歌を歌ってほかと全然違ったんだ。ニルヴァーナの『アンプラグド・イン・ニューヨーク』とかもカヴァーで歌ってさ、これまたすげえかっこいいんだ。『アバウト・ア・ガール』なんて声質も似てて、聞いててほんとやばかった。あたしのかっこいい男の条件に、叫んだときにかっこいいってのがインプットされたのはトモキの影響だよね。叫んだときに声が細かったり裏返ったりなんて最悪。で、無理やり弟子入りさせてもらったら、トモキも実家は八幡浜の人でさ、どんどん仲良くなって、あたしも自分でギターを買って練習して、毎週松山まで通ってたってわけ」

「中学校一年ってことは十三歳だろ。それで松山の男のもとまで通ってたのかよ。ませたガキだな」

「男なんて言うなよ。トモキはあたしの師匠《ししょう》だよ。かっこいい師匠でさ、いっつも女の子に囲まれて歌ってて、けどそういう子たちには全然興味なくて。しかめっ面《つら》でほとんど笑わないの。歌さえあればなんにもいらないって感じ。そういうストイックなところもめっちゃ好きでさ。四国のストリートトミュージシャンで、トモキの名前を知らない人っていないと思うよ。地元のラジオ番組にもゲストとしてときどき出てたしね。しゃべりはまるで駄目だったけど。ほんとあたしの永遠の憧《あこが》れ。トモキのそばでギターを弾いてるだけで誇らしかったもん。自分までぴかぴかに光ってるって気がしたんだよ」

うっとりとした表情でリンが語る。よっぽどそのトモキが好きなのだろう。

「歳《とし》はいくつくらい」

「あたしと会ったときに二十六だったかな」

「ひと回り以上離れてるじゃん。やっぱり、ませたガキだよ」

「ませたガキってやめろって」

リンは必死になって否定した。にやにや笑って言ってやる。

「いろいろと手ほどきを受けたんじゃないの」

「手ほどきって！　馬鹿！　譲の馬鹿！　エロ親父《おやじ》！　死ね！」

立ち上がったリンに本気で頭を叩《たた》かれた。胸にもパンチを何発かもらう。

「一歳しか違わないのにエロ親父はないだろう」

身をよじって逃げながらも楽しくなってきた。いつも小憎らしかったリンが、照れたり恥ずかしがったりしながら、自らの恋について話している。譲を下に格づけしようとしていたリンを、いじめることができている。立場が逆転している。もっといじめてやりたくなった。

「ギリコさんから聞いたけど、毎日必ずメールのやり取りをしてるんだって？　ラブラブだって言ってたよ。別に隠さなくたっていいじゃん。今回愛媛に帰ってきて会ってないの？　松山にいるって聞いたよ。ていうか、もう会ってきた？」

トキキはリンが出会った当時二十六歳。いまは三十代前半か。ストリートは卒業して、音楽関係の仕事でもしているのかもしれない。

「馬鹿。本当に譲は馬鹿だね」

リンはぐったりとうなだれて言い返してきた。恋愛話が心底苦手らしい。この話題に疲れたのか、言葉から勢いがなくなってしまった。

いじめすぎただろうか。こんな弱々しいリンは初めてだ。いつも騒がしいくらい元気なリンが沈んでしまうと、ひどく申し訳ないことをした気がしてくる。いたいけな子供を傷つけたら、こんな気持ちになるんじゃないだろうか。

「譲はいつまでこっちにいるの」

ギターを片づけながらリンが訊いてくる。

「島川さんって覚えてる？　リンの家でぼくといっしょに世話になった人。あの人が十五日の花火を見ていけって言うからさ、そうしようかと思って。ま、別に夏休みはなんの予定もないから、いつまでいてもいいんだけどね」

「ふーん、そう」

リンが静かになったら、途端にしらけた雰囲気となってしまった。リンのムードメイカーとしての存在感をいまさらながらに思い知らされる。

「島川さん、花火を見終わったらいったん実家に帰って、その足でインドに行くんだって。インドとかネパールとか半年かけて歩いて回るんだってさ。すごいよね」

「へえ」

興味なさげに言ってリンはキャリーバッグを開けた。中から以前に見た古い携帯が出てくる。リンはその携帯を握りしめ、無表情で言った。

「あたしさ、明日の朝、早いんだ。今日も踊って疲れたし。だからもう風呂入って寝ていいかな。トモキにメールも送らなきゃならないし」

リンの顔に早く帰ってほしいと書いてあった。

「ああ、ごめん。今日のところは帰るね」

今日のところは、なんて言ってしまったが、自分はまた会うつもりなのだろうか。アルバム制作に関してもうやむやのまま、リンの友人のアパートをあとにした。

2

八幡浜のみなと花火大会は、打ち上げ数三千五百発、人出が約四万人と大規模なものだった。港内での花火大会は譲も初めてで、海面にも色とりどりの光が揺れて、我を忘れて見とれてしまった。

耳をつんざく炸裂音《さくれつおん》で隣にいる島川の声も聞き取りにくい。ろくに会話ができないので、ふたりして空を見上げて時を忘れた。

てやてやウェーブの晩、島川のアパートに帰ったあと、リンと会ったことを告げた。島川からは、もう関わるな、と忠告された。なにをどう考えてもリンは身勝手で頭の悪い女だから関わるだけ馬鹿を見るぞ、と。たしかにその通りだ。リンは身勝手で、考えなしで、関わってもいいことなどひとつもない。

けれど、あの能天気なリンを沈んだ表情にしたまま、八幡浜を去っていいのだろうかと悩む。胸がもやもやするのだ。

「アルバム制作、八幡浜に残ってちょっとだけ手伝おうかなって考えてるんですけど、どうですかね」

島川に正直に打ち明けたら鼻で笑われた。

「譲には学習能力ってものはないのか。三十万もの大金を一度は持ち逃げされたんだぞ。おれだったらその時点でもうリンとは縁を切るね。そんな人間の話も聞かないね。ほんと譲はお人よしだよ。キング・オブ・お人よしだよ」

そう言いながらも島川はアパートの鍵を貸してくれた。明日、島川は旅行の準備のために実家に帰ってしまうが、その後も好きに使っていいという。その代わり、八月中に富永《とみなが》というみかんアルバイターの大先輩が訪ねてくる予定だから、泊めてやってくれとのこと。東京でアルバイター経験者の同窓会があって、そこで知り合った人だという。

後ろから肩を叩かれて振り向く。麻美が立っていた。黒地に赤い花をあしらった浴衣《ゆかた》を着ていて、おそろいの浴衣を着た小さな女の子を抱いている。母親だったのか。花火を見せに来たのかもしれない。

麻美が笑顔で語りかけてくる。しかし、花火の音と、祭りの音楽と、大混雑する会場の喧騒で聞き取れない。譲が聞き取れないことを麻美も察したようで、手招きして細い通りへ向かっていった。

「ちょっと行ってきます」

島川にジェスチャーつきで告げ、麻美を追った。

「リンのこと見つけられたみたいだけど、三十万円は回収できた？」

裏通りに入ったところで、麻美は立ち止まって訊いてきた。女の子は眠ってしまっていて、麻美の胸元に頬を預けて眠っている。

「お金のこと、なんで知ってるんですか」

「狭い街だもん。知り合いばっかりだし。踊ってる最中なのにリンが逃げ出したって話は伝わってきたよ。あいつならあり得そうだな、帰ってきた早々またやらかしやがって、なんてね」

母親とわかったせいだろうか。今夜の麻美はやさしげに見えた。

「三十万は無事に取り返しましたよ」

「おお、よかったね。まあ、あの子が踏み倒すことはまずないだろうけどさ」

「そうなんですか」

「返してくれるまで逃げ回ったりするけど、どんな大金だったとしても自分で返す子だよ。最近じゃ両親から借りた九十万を働いて返したって聞いたしね。九十万もすげえなってみんな言ってるよ。どうやって稼いでたか知らないけどさ」

麻美は眠る子供のために、抱っこしている手を揺らしてやる。子供の顔を覗き込み、眠っていることを確かめてから言った。

「リンっておかしな子でしょ」

「そうですね」

「あの子、帳尻《ちょうじり》を合わせるために、無茶苦茶するからね。いつも大風呂敷広げて、現実におっつかなくなって七転八倒して、けど最後にはなんとかしちゃうんだよね」

麻美が思い出し笑いをする。笑い過ぎて子供を起こさないように必死にこらえている。なかなか笑い終わらない。いくつものエピソードを芋《いも》づる式に思い出してしまっているようだ。

「そういえば前に、嘘に気づいてあげなって言ってましたよね。あれってどういう意味なんですか。普通だったら、嘘に気をつけな、だと思うんですけど」

「ああ、あれね」麻美が真顔に変わった。「君がリンの家で世話になってるって言うから、あの子といろいろ関わるんじゃないかと思って口走っちゃったの」

「気づいてあげなきゃならない嘘ってなんですか。ていうかリンのやつ、言ってることがいつもとんちんかんで、なにが嘘でなにが本当かもわからないですよ」

「君はさ、これからもリンと関わっていくの？　どのくらい深く関わっていくつもりなの？」

麻美の言葉の響きが深刻なものとなる。譲も同じ深刻さで現状を説明した。リンとアルバムを制作しようとしていること。しかしリンが協力的でないこと。しかたがないのでプライベート感のあるラブソングにテーマをしぼってやったこと。ところがリンがラブソングを作りたがらないこと。

「リンにはトモキっていう年上の彼氏がいるそうじゃないですか。本人は否定してますけど。とにかく、その人が好きなら、その思いを歌にすれば簡単にラブソングくらいできるんですよ。なのにリンは逃げるんですよね。馬鹿みたいに恥ずかしがり屋なんですよ。毎日携帯でメールを交換し合うような恥ずかしいことしてるくせに」

「ストップ」

静かに制せられた。

「一応、トモキのことは君も知ってるんだね」

「へ？　まあ、どんな人くらいかは。憧れの人だってリンは言ってましたけど」

「嘘に気づいてあげなって言ったことを覚えてるなら、わたしがこう言ったことも覚えてるかな。軽々しく話したら女が廃《すた》るって」

覚えがある。こくりとうなずいた。

「いまなら話しても女が廃らないから話すよ。ていうか、あの子のためにいま話さなかったら女が廃るからね」

麻美の語気には強いものがあった。思わずごくりと唾《つば》を飲む。

「トモキはもういないよ。死んでんの」

「え」

地面が急になくなって奈落《ならく》の底の真上に立っていた。

「嘘……」

「ほんとだよ。だからリンのやつ、お盆になったら毎年必ず墓参りに来てるんじゃないの。トモキは五年前にバイクの事故で死んでんの。そのとき後ろに乗ってたのがリンなの。君は佐田岬って知ってる？」

八幡浜市の北部から、九州の大分の方角に長く伸びていく半島がある。鋭くまっすぐ伸びていくその佐田岬半島は、四国を一角獣《いっかくじゅう》のように見せている。半島の上を行く国道をドライブすれば右にも左にも海が見えて、みかんアルバイターたちは必ず一度は行く。

「知ってます」

「対向車がよそ見運転してセンターライン越えてきたの。トモキはとっさによけたんだよね。よけたはいいけどふらついてガードレールに突っ込んだの。バイクが縦に回転したって聞いたよ。投げ出されたリンは道路わきの草地に落ちて奇跡的に無傷だったたんだけど、トモキは打ち所が悪くてね」

麻美の言葉を信じたくなくて、必死に抗《あらが》う。

「でも、携帯で毎日メールしてるって」

「あれは、ひとり遊びみたいなもんだよ。悲しいひとり遊び。全部リンがひとりでやってるの」

「ひとりで？」

「あの子ね、トモキが死んだことを受け入れられなかったんだと思う。だからトモキがまだ生きてるって設定で、ひとりでメールのやり取りをしてるんだよ。シンガーソングライターの活動が行き詰まったときは、メールでトモキに愚痴《ぐち》や相談のメールを送って、そのメールに対してトモキになりきって励ましや叱咤《しった》のメールを送って。そうすることでトモキがまだいるって思いたかったのかもしれない。あの子、携帯を二台持ってるはずだよ。リンがうちの店に寄ったときに、あの子の携帯を見ちゃったやつがいてさ、それで発覚したの。わたしは誰にも知らせたくなかったけどここは小さな街でしょ、みんなに知れ渡っちゃって。危ない子だって陰口叩くやつもいる。けれど、だいたいみんなは温かく見守ってるの。リンがどんなに馬鹿なことをしたって、リンからいやな目に遭わされたって、トモキが死んであの子がどれだけ苦しんだか見てきてるから、そっとしておいであげてるの。それはリンの家の人たちもね」

声が出なかった。空気が薄くなったかのような息苦しさを覚える。花火の音も、祭りの喧騒も、遠くなってぼんやりとしか聞こえない。

「わたしはね、リンが自分でメールを送って、トモキになりきって返事をすることで、精神的にバランスが取れてるんじゃないかなって考えてるの。トモキから答えが返ってくるという支えが、たとえリンの作った想像上の関係であっても必要だったんじゃないかな」

「ぼくはリンにひどいことを……」

この世にもういないトモキへの思いを歌詞にしろと、せっついていた。簡単に書けるだろうと小馬鹿にした口調で尻を叩いていた。

書けるはずないじゃないか。死んだことさえ受け入れられない相手への思いなど、どうして歌詞にできるだろう。なぜリンがプライベート感に満ちたラブソングを、いや、ラブソング自体をさけていたのか、いまやっとわかった。わかって猛烈に後悔した。

耳の中でリンの歌声が鳴っていた。高音になればなるほどのびやかになる水のように透明な声。声が途切れる瞬間、かすかに甘くかすれる。あの一瞬のハスキーから、頼りなくて儚《はかな》いものの存在を、澄んだ声の裏側に感じたことがあった。

あれはもうこの世にはいない大切な人への気持ちが声に表れていたのだ。歌詞などの言葉には表せないリンだけれど、声には反映していたんだ。

「実はわたし、高校のときトモキと同じクラスだったんだよ。あのころから変わったやつでさ、でもかっこよかったよ。普段全然しゃべらないのに、音楽のことになると熱く語ったりしてさ。音楽でアメリカに行きたいってよく言ってたよ」

「アメリカですか？」

引っかかるものがあった。

「うん、アメリカ。好きな音楽のルーツがアメリカにあるからだってさ。いつかこの街を出てアメリカで自分の好きな音楽やるんだって言ってたよ」

リンがアメリカを口にするのは、トモキの受け売りだったのか。

「この街から出ていきたいって人はたくさんいるの。実際、高校を卒業したら、就職なり進学なりで九割は出てっちゃうからね。みかんと漁業以外なんにもない街だもん。遊ぶところないし、買い物するとこないし、なにより仕事がない。それにこの街にはなんかこう閉塞感《へいそくかん》というか圧迫感があるんだよ。逃げ場がないというかさ」

譲は首をかしげた。東京からやってきた譲には、この街は空が広く、海が開けていて、開放的だ。

「あはは、よそからやってきた君にはわからないか。けどね、前は海、振り向けばぎりぎりまで迫った山。しかも山はてっぺんまでみかん農家の手が入ってて妙に人工的でさ、上から監視されているような息苦しさがあるんだよ。特にわたしも十代だったころは、その息苦しさでしんどくてしょうがなかった。そういうときに、音楽でアメリカに行くんだって豪語するトモキはかっこよく映ったのよ」

麻美は懐かしそうに夜空を見上げた。トモキは多くの人にとってのヒーローだったのかもしれない。

「そういえば君はキタバリの精神ってわかるかな。うちに飲みに来るお客さんが酔っ払うとよく誇らしげに話し出すんだけど」

「いいえ」

「東西南北の北に、縫い物をする針って書いて北針。北を指す針だから方位磁石のことね。大正二年のことなんだけど、真穴から木製の帆かけ船でアメリカに渡ったこの土地の若者たちがいたの。十五メートルくらいの船に十五人も乗って」

「アメリカってことは太平洋横断ですよね。無茶しますね」

「そう。当時としちゃほんと無謀な挑戦だったわけ。一万キロくらい離れているらしいからね。死と隣り合わせってやつ。けど、五十八日かけてちゃんと西海岸に到着したの。

その若者たちは密入国者としてすぐに強制送還されたんだけど、帰ってきたら英雄扱いよ。それから次の年もそのまた次の年も続く人たちがいて、アメリカに渡ってひと旗揚げた人もいたみたい。そのチャレンジスピリッツはいまもこの八幡浜に受け継がれてるって言われてってさ、トモキも自分に北針の精神があると思ってたんじゃないかな。それはきっとリンにもね」

麻美の娘がぐずり出した。麻美が興奮気味に語っていて目が覚めてしまったのかもしれない。

「ごめん、そろそろ帰るわ。うちの娘、いつもならとっくにお布団で寝てる時間だから」

「ありがとうございました。いろいろと話していただいて」

譲は深々と頭を下げた。

「ううん、いいんだ。君がリンのCD作るのに、力になってやる立場っぽかったから、きちんと話しておこうと思っただけだよ。わたしとしてはリンにも感謝してるしね。志半ばで逝ったトモキの遺志を継いでるようなところあるし、トモキのギターを使ってくれてるし」

「あのギター、形見なんですか」

「トモキのご両親からぜひ使ってくれって。トモキがリンをかわいがってたの知ってたからね。ちっこいリンには手に余るギターみたいだけど、年々様になってきてるみたいだし。そういえばリンの『マザー・ロード』っていう曲も、もともとはトモキがいつかタイトルに使おうと取っといたもんなんだよ。使わないまま旅立っちゃったから、リンがタイトルだけ受け継いだんだよね。ま、歌詞に関しちゃ天国のトモキが聞いたら、修行が足んねえって怒りそうなレベルだけどね」

ぐずる娘をあやしながら麻美は屈託なく笑った。

麻美と別れたあとすぐにリンに電話をした。以前はあれほどつながらなかった電話が、あっさりとつながる。なにをしているのかと尋ねたら、先日の友人の家でひとりだらだらとギターを弾いているという。

「アルバム作るの手伝うことにしたから。歌詞の法則もきっちり教えるから。いっしょに頑張ろうよ」

電話でそう伝えたら、数秒間の沈黙があった。手伝ってもらうのがいやになったのだろうか。心配して携帯に耳を押し当てていると、鼓膜が破れるかと思うほどの大声でリンが叫んだ。

「マジで！　マージーで？　譲ほんとに手伝ってくれるの？　やった！　よし、アルバム作ろう！　作っちゃおう！」

「リンはこのあとどうするの。東京にはいつ帰るの」

「決めてないよ。譲はどうするのさ」

「島川さんがアパート貸してくれるっていうから、こっちに残って曲作りしてもいいかと思ってるんだけどどうかな」

「いいねー。それ、いいねー。あたし、アルバム制作の合宿ってやってみたかったんだ」

まだ話の途中だというのに、電話の向こうでリンが喜びの歌を歌い出す。きっと喜びの舞も踊っているんだろう。あのおかしな蛸踊《たこおど》りを。

「ぼくは大学が夏休みだからいいけど、リンはバイトのスケジュールは大丈夫？　なにかやってたんじゃないの」

三十万なんて軽く貯められると豪語していたアルバイトだ。

「いいの、いいの。こっちでアルバム合宿するならやめる。しょせんバイトだもん。ほんとはあさってからなんだけど、ぶっちするわ」

ぶっちするって。あいかわらずいい加減なやつだ。

「ちゃんと連絡は入れたほうがいいって」

「あいよー」

気のない口調で間に合わせの返事であることが見え見えだった。

「譲はいまなにしてんの」

「いま？　えーと、花火見てた」

「おー、いいねえ」

「来る？　ラストまであと三十分くらいあるから。フェリーターミナルの手前のガソリンスタンドのあたりにいるんだけど」

「近いじゃん。行く、行く！　いますぐ行くからちょっと待ってて。大急ぎで行くからさ！」

五分もせずにリンはやってきた。ピンクのTシャツにホットパンツ、ゴムサンダルという適当な格好だった。ホットパンツから伸びる足は美しい曲線を描いていて、目の保養になったけれども。

手招きしてリンを迎える。

「早かったね」

「もうちょっとあっち行こう。あたし、すげえいい場所知ってるんだ」

リンは譲の腕をつかむと賑わう人混みに強引に入っていく。溢《あふ》れる人を掻き分けながらたどり着いたのは、四階建てのビルだった。祭りの日なので人が出入りしていたが、リンは「どうも」なんて挨拶《あいさつ》をしながら玄関口から入り、階段を上がっていく。顔が利くのか、それともただただ勝手に侵入しているのかわからないが、屋上に出たらほかにも花火を眺める人々がたくさんいて、リンの言う通り「すげえいい場所」だった。

港内で上がる花火がすぐ目の前に見えた。水上花火は地上で見るよりも何倍もダイナミックに見える。リンは得意げな顔を譲に見せたあと、屋上のフェンスに駆け寄って夜空を見上げた。譲もその隣に並び、空を仰いだ。

そっとリンの横顔を盗み見る。トモキが死んだことをおくびにも出さないなんて、気丈な子なんだと思う。その一方でトモキがこの世にまだいると本気で信じているのかも、と心配になったりもする。

どちらにしても、トモキのことを歌詞に書けと迫った罪悪感でいっぱいだ。申し訳なさでいますぐにでも土下座したい。

トモキが死んだとき、リンはまだ中学三年生だった。初めて心から好きになった異性かもしれない。音楽との出会いをくれた特別な人だったはずだ。その人が事故で彼女の目の前で死んだ。

どれだけ深い傷を負ったことだろう。どれだけ苦しんだことだろう。傷が癒《い》えていないのは、いまだに想像上のトモキとメールをしていることから窺える。ラブソングから逃げ出そうとしていることからもわかる。

知らなかったでは済まされない。いったいどうしたら償《つぐな》えるだろう。リンが背負ってしまったものを思い、譲のほうが泣きそうになる。泣いて、なんでもするからと懇願しそうになる。すがりつきそうになる。

しかし、麻美と交わした約束がある。麻美は去り際にこう言い置いていった。

「CD制作に協力するか迷ってるって君は言ってたけど、してくれたらわたしはうれしいな。ただ、そうなったときは、トモキが死んだことに触れないであげてほしいの。あの子が自分から死んだって言い出さない限りは知らんぷりしてあげて。あの子に関わろうとするなら、約束して」

リンの心の傷に気づかないふりをしろというのだろう。この街のみんながそうしているように。

「もしも、もしもだよ。リンが君に心を開いて、トモキのことを打ち明けたら受け止めてやってよ。さっき君は、プライベート感のあるラブソングをリンに作らせようとしてるって言ってたよね。つまり、リンに自分のことを歌詞にさせようってわけでしょ？

それってあの子が自分とじっくり向き合うことになるわけじゃない？　わたし、賛成だな。だってトモキの死を見つめて、もう彼がいない現実を受け入れて、乗り越えるきっかけになるかもしれないじゃん」

「そうですかねえ」

「ま、わたしテレビドラマ大好きで、よくある展開なんだけどさ」

麻美は最後に茶化すように笑って帰っていった。だが、リンへのやさしさはじゅうぶんに伝わってきた。

「わーお、スターマインじゃーん」

炸裂する閃光《せんこう》で譲は我に返った。リンが興奮のあまり子供のように飛び跳ねる。譲もリンの調子に合わせて感心してみせた。

「おお、すごいね」

リンが顔を覗き込んできた。

「ん、譲どうしたの。心配事でもあんの？」

「どうして」

「テンション低いじゃん」

「低くなんかないよ。楽しいよ。超楽しいよ」

「しらじらしいなー」

　変なところで鋭いから困る。

「アルバムのこと考えてたんだよ。リンはどういうコンセプトで作ろうとしてるのかな、とか、歌詞も別にラブソングに限らずいろいろやってみてもいいかな、とかさ」

「お、さすが譲。もうアルバムのこと考えてたか。チーム・マアナの相棒として頼もしいよ」

「明日からさっそく始動しよう」

「了解です」

　リンがこちらを向いて敬礼してみせる。その横顔をちょうど花火が赤く染めた。笑顔だった。かわいらしく見えてどきりとしてしまう。しかし、花火の光が強い分、顔の反対側は濃い陰となって見えなかった。

　見えないそちら側にリンの本当の表情が隠されているんじゃないだろうか。悲しみも、苦しみも、ひとり生き残ってしまった後悔も、すべて隠して生きているような気がしたのだ。

3

八月三十一日までをアルバム制作合宿の期間と決めて、ほぼ毎日顔を合わせて曲を作った。場所は島川のアパート。エアコンがないので扇風機を取り合いながら、畳の六畳間でうんうん唸《うな》りながら曲作りをした。

順序としてまずリンがメロディーを作る。メロディーを先に作るメロ先《せん》と呼ばれる一般的な方法だ。

リンはいつも、できあがったメロディーは楽譜に起こさないのだという。メモ帳は用意しているが、書き込むのは曲の仮タイトルと、ギターのコード進行だけ。メロディー自体はスマホのボイスレコーダー機能で録音しておく。

次に譲がその吹き込まれたメロディーを聞いて、感想をリンに伝える。やさしい感じだね、悲しい曲っぽい、ダンスが踊れるふうだ、メッセージソングになりそう、バラードになるんじゃないか。

ここであらためてリンがどういう方向性でその曲を作ったかを聞く。そのとき譲が述べた感想のほうが曲のイメージにぴったりだったり、最終的な歌としての仕上がりのためによかったりしたら、譲が歌詞をつける。譲とリンの意見が同じだった場合も、譲が歌詞をつけることにした。

　また、メロディーを考えたリンにどうしても押し通したいイメージがあるときは、リンが自ら歌詞を書く。できあがった歌詞は譲に渡され、わかりにくいところを直したり、よりよい言葉に変換したりしながら完成を目指そうと決めた。

　目標は収録曲が八曲のフルアルバム。とにかくどんどん曲を作っていこうと、一日中顔を突き合わせて作業した。畳に胡坐《あぐら》をかき、座卓を挟んで向かい合う。愛媛の夏は恐ろしく暑く、ふたりとも首にタオルをかけて汗を拭きながらの作業となった。

「結局さ、歌詞の法則ってのはそんなに難しくないんだよ。特に誰かとの関係を歌おうとするなら、最初のAメロで歌に登場する人物の関係がわかるような歌詞を歌うの。で、サビで願いや祈りや希望や強い感情を歌うんだよ」

「サビで願いや祈りや、えーと、なんだっけ」

　メモ帳に書き込んでいたリンが顔を上げる。

「希望や強い感情。どうしたいのか、なにが欲しいのか、どうなってほしいのか、なんてことをサビで高らかに訴えるわけだ」

「なるほど」

ごりごりとメモ帳に書き込む。

「もう一回言うよ。Ａメロが関係。別に『君』とか『あなた』とか書いてなくても、関係性がわかる歌詞になっているとかっこいいね。で、サビはもっとも強く考えたり感じたりしていること。『トーキョー・レイン』もそうなってるんだよ。いま歌詞わかる？」

「もちろん」

リンはギターを手にすると高らかに歌った。一番を歌い終わったところで、「本当だ！」と目を丸くする。

歌詞の法則を見つけたおかげで、『トーキョー・レイン』は苦しんだりせずに歌詞を書くことができた。Ａメロの「後悔することわかってて別れたの」で関係性を書いた。「別れたの」ひとつで関係性は表現できているし、「の」とつくことで女性視点の歌であることもわかる。「後悔すること」と冒頭にあるので、別れが望んだものでないこともわかる。

サビの歌詞は「もうその手は触れられないの　心凍らせたい」となっていて願いを歌っている。ここで大切なのはサビは心象的なものということ。その代わり、Ａメロでの関係性は具体的に。歌は具体的に始まって、心象的な出口へと向かっていく。そうすると開放感があるし、サビの心象的な部分が聞き手との共有ポイントとなる。

「グタイテキからシンショーテキ。うーん、駄目だ。平仮名で言って！」

メモ帳に譲の説明を書き込もうとしていたリンが、頭を抱えて畳に仰向《あおむ》けに倒れる。拒否反応が出てしまったらしい。

「ほら、起きて」

手をつかんで引っ張り起こす。

「関係は事実っぽいことを細かく。サビは会いたいとか、誰より好きだとか、心に浮かぶ思いを。それは幻でもいいからさ」

歌のうまいリンの前で歌うのは恥ずかしかったけれど、具体的から心象的への例として、十年くらい前のヒット曲を歌ってやった。

「うお、これまた本当だ！　たそがれどきに丘の上の公園かどこかで抱き合えたころの思い出が、いまじゃ胸をちくりと刺すような関係ってわけだ。で、どっかでまた会えたらいいなってサビで歌うわけだ。なるほど。細かい関係性から始まって、心に浮かぶ思いをサビにだね。わかった！　できそうだよ、譲！」

「本当？」

「マジだよ、マジ！　これなら歌詞すぐに書けるって！　やべーよ、譲ったら。すげえ、やべーよ。天才だよ、こんな法則を見つけてくるなんてさ！　これじゃアルバムの歌詞、八曲なんてすぐそろっちゃうね」

大はしゃぎするリンを眺めながら、ついついにやついてしまう。本当にリンが法則を理解できているかわからないが、褒めてくれるのはうれしい。やる気になってくれているのも喜ばしい。

「それからさ、いま譲の歌声初めて聞いたけどいいね。あたし、好きな声だよ。歌も上手。けっこう男らしい歌い方するんだね」

「え、な、な、なに言ってんのさ」

一応ファンもいるシンガーソングライターのリンに褒められて、しどろもどろになった。たとえ異性として意識していないリンからの言葉だとしても、好きな声と言われたら照れくさくなる。照れ隠しで慌てて言った。

「歌詞は無理にラブソングじゃなくていいからね」

トモキの一件への反省もあった。

「なーに言ってんの、譲は。ラブソング、ラブソングってあんなに言ってたの譲のほうじゃん。この法則を教えてくれたんだし、せっかくだからあたしラブソング書くよ」

「まあ、書けたら書けたでいいからさ、とにかく無理しないで」

「なんかやさしいな。気持ち悪いな」

首をひねりながらリンはメモ帳に戻っていった。

譲が歌詞をつけた曲は、実際にリンに歌ってもらって歌詞を微調整した。語感が悪かったり、リンにとって発声しにくい音だったりしたら、歌詞を替える。

音符にどう歌詞を乗せるか、その割り振りを譜割りというのだけれど、言葉を詰め込みすぎて口が回らないこともあるし、メロディーがテンポよく上がっていくのに歌詞がすかすかの場合もある。これらもふたりで微調整していった。

一曲でき上がると、完成を記念して外へ歌いに行った。大きな声で歌ってこの世界に新しい歌が誕生したことを披露したい、とリンから提案してきたのだ。

自転車はリンが友人から借りて乗っているママチャリ一台しかない。遠くまで出かけるときは二人乗りとなった。ギターのハードケースを背負ったリンが荷台に横座りになる。自転車を漕《こ》ぐ譲としては、重いうえにバランスが取りにくい。けれど、曲ができた高揚感でぐいぐいとペダルを踏み込んで走った。

リンは目的地に着く前から気持ちが逸《はや》ってしまって、譲の胴に片手を回したまま歌い出した。曲の完成の喜びで声が外に漏れ出しているというふうだった。

二人乗りで走る譲とリンに、道行く人々はみんなぎょっとする。しかし、荷台からリンが振りまく心地よい声で誰もが微笑《ほほえ》んだ。この街に歌で微笑みを届けているような気がして、目的地を変更してちょっと遠くまで歌いに行くこともあった。

臨海公園の東屋《あずまや》で歌った。神社の境内でも歌った。アーケード街の楽器店の前でも歌ったし、広場に設けられているステージでも歌った。曲が完成しない日も、行き詰まったら歌いに出かけた。

「もう駄目。ちょっと歌いに行こう」

そう言ってリンが立ち上がるのが、出かける合図だった。

歌っていると人が集まってくる。海沿いならば休憩中の漁師。アーケード街なら買い物客や店主。公園ならば夏休み中の子供。もともと人口の少ない街だ。街中を歩いても閑散としていることが多い。夏祭りは別として、人が集まるイベントもあまりない。となると歌っているリンは、かなり面白そうなことをしているように見えるのだろう。

人が集まれば、人前で歌うことが好きなリンはご機嫌になって歌を披露する。譲が作詞した曲は評判がよかった。以前のリンが作詞作曲していた歌と比べて、一度聞けばなにを歌っている歌かわかる。なにを願い、なにを求め、なにを訴えたいのか。聞いている人たちにも伝わっているのが、横で見ている譲からもわかった。

自分の歌詞はリンと相性がいい。それを聞く人の反応からも確信した。作詞家ユズルの歌詞は女性っぽい。自覚はある。そこへリンの強めの楽曲と男らしいギターの音色が合わさると、魅力ある歌が生まれる。これは成功する。そうした手応えがある。うまく言えないし、いったい誰に対してかわからないけれど、「勝った！」という快哉《かいさい》が譲の頭の中に響く。

聞いている人たちの反応がいいので、ますますリンはのびやかに歌った。拍手喝采《はくしゅかっさい》で送り出されて、また自転車で帰ってくる。譲も聞いている人たちの反応が直接伝わってきて、次の曲へのやる気が生まれた。これが創作意欲というものか。新しいものを生み出す喜びや高まりをこんなにも強く感じたのは、生まれて初めてだ。

ふたりで曲作りを始めて十日目。譲が歌詞を書くよう振り分けられた六曲すべての作詞が終わった。最後の曲のタイトルは「三つの太陽」。真穴のみかんは三つの太陽で育つとされている。ひとつめは空の太陽。ふたつめは海からの照り返し。三つめは石垣《いしがき》からの照り返し。みかん山のみかんたちは石垣で作られた段々の上に植えられていて、その石垣の白い石からの照り返しもあっておいしく育つというのだ。譲はそれになぞらえて、真穴でひとりの子供が三つの愛によって育つという歌を作った。ひとつめは両親の愛、ふたつめはその街からの愛、三つめは好きになった人からの愛。リンはこの「三つの太陽」の歌詞をえらく気に入った。

「すげえ歌詞いいよ！　マジやばいよ！　歌いに行こう！　せっかくみかんが元ネタの

歌だから、みかん山に歌いに行こう！」

リンがギターを手に立ち上がる。しかし、時計は夕方の六時を回っている。

「いまから行ったら途中で真っ暗だよ。歌いに行く場所は違うところにしようよ」

「駄目だよ。譲がせっかく太陽燦々《さんさん》のこんないい歌詞を書いてくれたんだから、この街の太陽に報告しなくちゃ」

言うなりリンはアパートを出ていった。譲も急いであとに続いた。

リンの家のみかん山までは遠いので、近場のみかん山を目指す。近いといっても市街地からは外れていく。そして外れて行けば行くほど、道の勾配《こうばい》はきつくなっていく。自転車の後ろに乗っているリンはいいが、漕がなければならない譲にはしんどくてしかたがない坂道だった。

「譲、ほら頑張って。自転車で行けるとこまで行って、そのあとは歩いてのぼろう。のぼったらあたしが歌で疲れを癒《いや》してあげるからさ！」

乗っているだけのリンは譲の背中を叩きながら、のんきに言う。夕方とはいえまだまだ気温は下がらない。そもそも八幡浜の土地は南西を向いて開けていて、日照時間の最大限まで太陽の光を浴びていられる。それゆえにみかんがよく育つのだ。そこへきて三つの太陽に照らされている。暑さが尋常じゃない。自転車を漕ぐ譲ばかりが汗だくになった。

みかん山の中腹まで自転車を押してのぼり、あとは自転車を停《と》めて歩いた。蛇行《だこう》しながら上へと続く細い農道を汗を拭き拭きのぼった。

「ここにしよう」

海が開けて見えるところでリンは足を止めた。八月二十五日の太陽が、佐田岬の向こうへ落ちていこうとしているところだった。

太陽はすべてを赤く染め上げながら帰っていく。空も、岬も、宇和海に浮かぶ島々も、海面も、大分へと向かうフェリーも、みんな赤かった。

「まさに夏の色って感じじゃん」

リンが手で庇《ひさし》を作って遠くを望む。

「ほんとだね」

「太陽がさよならしちゃう前に歌を届けなきゃね！ きゃー、待ってー、太陽！」

みはしゃいだ声を上げながらリンはギターを取り出し、急いでチューニングをした。みかん山の上は日当たりもいいが、風も強い。「三つの太陽」の歌詞が書かれた紙は、譲が手で持ってリンに見せる。リンは何度か試し弾きしたあと、大きく息を吸って歌い出した。

この瞬間がなによりも好きだ。歌詞はリンの歌声を想定して書いているが、その歌詞を実際にリンが声に出したとき、歌はやっとこの世に生まれる。歌に血が通って、命を宿す瞬間なのだ。

誕生の瞬間に立ち会う喜び。多くのプロの作詞家は、こんなぞくぞくする瞬間を味わいながら生きているのか。

感動に打ち震える譲のすぐそばで、譲の気持ちなど知りもせず、リンが高らかに「三つの太陽」を歌う。

透き通った歌声が空へのぼっていく。今日の歌声は太陽の光を浴びて、赤い乱反射を起こした。きらきらと赤い乱反射。じっとしていたら泣きそうになる。気づいたら譲も「三つの太陽」を口ずさんでいた。歌詞をつけるために、何十回、何百回と聞いたメロディーだ。歌詞は自分でつけたものだ。いまのところ、この曲にいちばん詳しいのはリンではなくて自分かもしれない。

「乗ってきたね、譲！」

リンが満面の笑みでギターを掻き鳴らし、声をさらに張り上げて歌う。リンに聞かせる恥ずかしさも忘れて譲も大きな声で歌った。

眼下に広がる宇和の海に向かって大きな声を出す。ふたりの歌声が絡み合い、重なり合い、引っ張り合う。譲とリンのふたり以外、まだ誰も知らない歌だ。世界中でふたりだけが知っている歌を歌う。歌い終わったときには、微笑みを交わし合った。秘密を分け合ったような心地がした。

帰り支度をする。空は赤く燃えているが、山陰や街並みには真っ暗な闇が溜《た》まり始めている。太陽は佐田岬の山稜《さんりょう》に半身を埋《うず》め、ゆらゆらと揺れていた。まもなく夜がやってくる。

下り坂は急で自転車には危険だが、日が暮れて真っ暗になる前にみかん山を降りきってしまいたい。停めてあった自転車に跨《また》がり、後ろにリンを乗せ、ブレーキをかけながらそろそろと漕ぎ出す。

坂道はうねうねとカーブを描きつつ、みかん山の斜面を斜めに横切っていく。石垣のせいでカーブの先が見えなくて怖い。リンも最初はきゃあきゃあ騒ぎながら乗っていたが、スピードが上がってくるとその声さえ上げなくなった。

最後のカーブを抜けたら視界が開けた。突然、急勾配の坂が待ち構えていた。長い直線だ。すでにかなりのスピードが出ていたせいもあって手前で止まれなかった。そのままのスピードで坂に突入する。

ぐんと自転車のスピードが上がった。路面のかすかな段差で自転車が激しく揺れる。

ハンドルを強く握っていないと、段差のショックで手を離してしまいそうになる。

「やばいよ！　危ないよ！　速すぎるよ！」

リンが悲鳴を上げた。譲の胴に手を回してきて、ぎゅっとしがみつく。顔も譲の背中に押しつけてくる。密着した部分から、リンの恐怖が伝わってきた。尋常じゃない怖がり方だ。なぜリンがここまで怖がるのか、すぐに思い当たった。

自転車が猛スピードを出したことでトモキの死が頭をよぎったのだろう。トモキとバイクで二人乗りをした日のことがよみがえってしまったのだろう。

いまさらブレーキはかけられない。スピードが出すぎていて、ブレーキをかけたらかえって危険だ。前につんのめるか、横転してしまう。

「止めて！」

「つかまってて！」

「死んじゃうよ！」

リンの叫びで、喉《のど》の奥につーんと涙の味がした。心の内でリンに呼びかける。大丈夫だよ、リン。無事に坂を下ってみせるよ。

もし無事に下りきることができれば、トモキを失ったときの恐怖が薄れるかもしれない。あるいは、死というものから遠ざかることができるかもしれない。

風を裂いて自転車は下っていく。スピードはさらに増していく。怖がるな、おれ。絶対に無事に下りきるぞ。

みかん山の上でリンの歌を聞いたとき、もっともっと遠くまでふたりで行ける気がした。夢でも野望でも大風呂敷でもなんでもいい。ふたりの望みがごちゃ混ぜになりながらきらきらきらと輝けばいい。リンと向かったその先が、たとえどん詰まりでもいい。リンといっしょに進んでいくことがなによりも大切に思えた。

リンの全部を背負い込みたくないなんて考えていた、小さな自分が後方へ飛んでいく。リンとつき合ったら世間体が悪いなんて思ったせこい自分も飛んでいく。たいした人間じゃないくせにリンを上から見ていた。大切な千春を奪われても怒りもしない、どうしようもない人間のくせにもったいぶっていた。

本当に情けない。みっともない。そんな自分も捨ててしまう。そして、いまだこっそりと抱いていた千春への思いもそっと手放した。すべては風に吹かれて千切れながら海へ飛んでいった。

無事に下り坂を駆け抜け、勾配がゆるやかになったところでブレーキをかけて自転車を止めた。荷台から降りたリンが顔を覆って大泣きする。譲も自転車を降りてリンに駆け寄った。そのまま抱き寄せる。小さなリンの体は、譲の腕の中にすっぽりと収まった。

泣きじゃくるリンを抱きしめ続けた。少しでも力を抜くと、リンは泣きながら昏倒《こんとう》してしまいそうだった。こんなにも泣いているのは、きっとトモキの死を見つめてしまったからだろう。

なんて言って慰《なぐさ》めたらいいか、まったくわからなかった。いままで作詞のために言葉を重んじてきた。リンにもボキャブラリーを増やすように指導してきた。でも、いまは慰めの言葉が見つからない。どんな言葉ならふさわしいかもわからない。それどころか、いまこのときに言葉は邪魔にすら思えた。

伝えたい思いがたくさんあるのに言葉では足りない。伝えたいという気持ちが大きければ大きいほど胸がつかえて苦しくなる。熱量を抱えたまま身悶《みもだ》えしそうになる。これってまるでリンみたいじゃないか。そう思ったときにやっと気づいた。

ああ、君はここにいたのか。こんなにもどかしい場所にひとりいたのか。

「ティッシュない？」

リンが見上げて訊いてくる。例の拭き方をするつもりだろう。譲は首を振って腕の力を強めた。

「涙は拭かなくていいよ。乾くまで抱きしめててあげるから」

腕の内側で感じていたリンの強張《こわば》りが抜けた。そっとしなだれかかってくる。理解不能なところが多い彼女だけれど、こうして抱きしめてみるとひとりの頼りなげな女の子だった。

肌の触れ合っている箇所が熱い。リンの汗のにおいがする。いとしさが譲の全身を包んでいった。

4

抱きしめてからというもの、リンとの空気が親密になった。リンもぞんざいな言葉遣《ことばづか》いをしなくなり、しおらしくなってしまった。抱きしめたときに譲の男らしさを感じて、女の子っぽく変わったのだろうか。

同じ部屋でずっと過ごしていることも自然に思えてきた。もともと警戒心のないリンだったが、長年連れ添ったあいだがらであるかのように隙《すき》を見せまくった。部屋着のタンクトップとショートパンツだけという無防備な格好のまま、譲の前で大の字になって昼寝をする。寝汗をかいたといってはシャワーを浴びに行く。さすがに風呂場への扉は閉めるが、譲が押し入ったらどうするつもりなのだろう。貸してくれた島川には悪いけれど、女アパートゆえに風呂場に鍵などついていない。

「食べる？」

シャワーから戻ってきたリンがアイスキャンディーを差し出してくる。しかしそれは食べかけであって、けれど断ると妙な雰囲気が流れてしまうような気がして、「おお、サンキュー」なんて言いながら平然とした顔で食べてみせる。本当は、食べていいのだろうかとドキドキしているのに。間接キスという言葉で頭がいっぱいなのに。

このままの流れで、つき合ったりするのだろうか。譲からひと言「つき合おう」と言えばそのまま交際はスタートするように思える。というか、毎日同じ部屋にいて、ほぼ二十四時間いっしょにいるのだ。他人から見ればつき合っているも同然だろう。

つき合えば意外といい子なのかもしれない。尽くしてくれたりするのかもしれない。いままでは女子として欠点ばかり目についていたけれど、いい部分に目を向ければ普通につき合えるんじゃないだろうか。

かわいいし、飽きさせないし、歌もうまい。頭脳優秀というわけではないから子供に勉強を教えてやれる母親にはなれないだろうが、歌を歌ったり楽器を教えたりできる母親ってすてきじゃないか。

いかん、いかん。妄想が先走りすぎて頭を振る。ともかく、ふたりで行けるところまで行こうとするなら、つき合ってもいいはずだ。そして、譲としては雲の上には必ず青空が広がっていることをリンにも知ってほしい。ギリコとの曲で百万ダウンロードを超えたとき、重い雲を突き抜ければ完璧なブルーの空が広がっていることを知った。リンにも成功してもらい、あの完璧なブルーを見てもらいたい。なんとかして見せてあげたい。

問題はリンが担当した残りの二曲の歌詞が、いつまで経《た》ってもできあがらないことだった。せっかく教えた歌詞の法則も、危惧《きぐ》した通りきちんと理解できていなかったようだ。

八月いっぱいまでの六日間、なんとか曲としての体裁だけでもいいから整えて渡してほしい。渡してくれたらいかようにも直せるのに。

リンは一日中メモ帳と向き合ったまま、うんうん唸った。時には気晴らしのために、ふたりで自転車に乗って歌いに行く。すっかりファンもできてきて、アーケードの商店街じゃ「待ってました！」の声が飛ぶ。あまりに行き詰まったときは、街でいちばん大きいカラオケボックスに行っていろんなジャンルの歌を歌いまくる。熱帯夜でやる気が出ないときは、冷房のたっぷり利いたファミレスに行って歌詞を考える。残念ながらこの街のファミレスは深夜一時までの営業であって、二人乗りして自転車に乗って帰ってくるあいだにまた汗をかいた。

「ねえ、一生に一度って英語でなんて言うのかな」

二人乗りでシャッターがすべて閉まった夜中のアーケード街を走っていると、リンが訊いてきた。

「英語のタイトルにするの？」

「タイトルでもいいし、サビでもいいし」

「英語得意じゃないからよくわかんないけど、ワンス・イン・ア・ライフタイムかな」

「お、いまの発音、外国の人っぽいじゃん。教えてよ」

「イン、ア、ライフタイムと切っちゃうと片仮名っぽいからさ、続けて言っちゃうんだよ」

なぜこのフレーズを英語で歌いたいと考えたのだろう。

一生に一度。

思い当たるのはやはりトモキのことだ。一生に一度の恋の相手とでも歌うつもりなのだろうか。歌詞が完成したあかつきにそれを見せられる譲としては、落ち着かない心持ちになる。もしもできあがった歌詞に、トモキは一生に一度好きになった相手であって、二度と誰も好きにならないと書いてあったらどうしよう。

トモキとのことを歌にして乗り越えれば、そののち自分との恋愛をスタートさせるかも、なんて考えるのは都合よすぎるだろうか。

ノックの音で目が覚めた。リンの歌詞ができあがるのを待っているうちに眠ってしまっていた。携帯で時間を確かめると午後の三時半。タオルで寝汗を拭く。リンもすぐそばで転がっていた。鼻に汗の玉が浮かんでいる。ノックにも気づかずに眠っていた。

「はいはい」

新聞の勧誘くらいに思ってドアを開けた。長身の男が立っていた。黒のTシャツの真ん中へ、瞳《ひとみ》に炎を宿した髑髏《どくろ》が描かれていた。細身のジーンズに、夏だというのにがっちりしたブーツ。リンと同じようなギターのハードケースがアパートの壁に立てかけてある。

「もしかして、富永さんですか」

「そうそう。島川のやつから連絡が行ってると思うんだけど」

三日前に島川から電話があった。久々に八幡浜を訪れる富永は、島川のアパートを拠点にして数日過ごす予定だったが、譲とリンが楽曲制作をしているために、富永は安い旅館を借りることになったとのこと。ただ、富永は長いあいだ音楽をやっている人間で、リンの楽曲制作に興味を示したらしい。島川のアパートに立ち寄りたいと言ってきたそうだ。なにかしらの助けになるかもしれないぞ、と島川は言っていた。

「話は聞いてます。狭いですけど、どうぞ」

「狭いですけどって、ここは島川のアパートだろ」

富永は笑ってブーツを脱いだ。三十歳だと聞いている。険のある目つきをしていて鼻が高い。狐《きつね》を思わせる顔をしている。このタイプの顔が好きな女の子には、たまらないだろうなと思った。

「誰か来たの？」

奥からリンの寝ぼけた声がする。

「前にちょっと言ってた島川さんの先輩。すごく前にみかんアルバイターをやってたっていう」

六畳間に富永と入っていく。胡坐をかいてだらしなく座っていたリンが、はっと富永を見つめた。慌てて居ずまいを正す。さっき初めて富永を見てから、譲もいやな予感はしていた。富永はリンと同じにおいがする。音楽をやっている人間特有の落ち着きのなさも似通っている。そしてなにより、譲が思い描いていたトモキの姿にそっくりだった。

富永はギターを取り出し、どかりと腰を下ろす。ギターを構え、チューニングを始めた。リンはその一挙手一投足を目で追う。見とれているようでもある。富永の所作には大人の余裕が見て取れた。

「あの」

珍しくリンがおずおずと声をかけた。

「うん?」

「もしかして、ヒットマンズのトミー?」

「おお、姉ちゃん、若いのにおれのこと知ってんの?」

リンが立ち上がって叫んだ。

「うわ!　マジで?　マージーで?　超やばいよ!」

どうやらリンは富永を知っているらしい。富永がなにかしらの音楽をやっていると島川から聞いていたが、リンが騒ぐほどの有名人なのだろうか。ぽかんと譲が見ていると、リンが興奮気味に語りかけてきた。

「やばいよ、譲。すげえ人が来ちゃったよ」

「えーと、どちらさまで」

「ヒットマンズのトミーだよ。ギターとヴォーカルのトミーだよ」

知らないとは言いにくくて、「ほう」と梟《ふくろう》みたいな声を出してお茶を濁す。リンは譲の反応が物足らないようで、明らかにいら立っていた。

「ヒットマンズはね、有名なギターバンドだったたんだよ。大物ミュージシャンが来日したとき、武道館でオープニングアクトも務めたことあるんだから」

「ほう」

「じゃあさ、ビート・ウォーリアーズは知らない？　トミーはね、あのビート・ウォーリアーズのサポートメンバーでツアーとかレコーディングとかにも参加してたんだよ。あたし、超リスペクトしてんだ。トモキだってヒットマンズの曲を聞いて、いいねって言ってくれてたんだからね！」

「はあ」

リンが舌打ちをする。

「まったく譲は駄目だな。トミーは楽曲だけじゃなくて、作詞の評判もいいんだよ。譲も作詞をするんなら、トミーの曲くらい知らなくちゃ駄目だよ」

久しぶりにリンに小馬鹿にされた。そんなにもこの富永という男はすごいのか。そこそこ音楽を聞いている譲でも知らないバンド名ばかりなのに。武道館でオープニングアクトといったって早い話が前座だろう。自分たちの力で武道館のステージに立ったわけじゃないのだろう。なのに、なにが超リスペクトだ。意地悪な気持ちで富永に質問してやった。

「島川さんから聞いた話だと、みかんアルバイターやってたそうじゃないですか。そんな暇あるんですか？　いろいろと音楽活動で忙しいみたいですけど」

富永は鼻で笑った。

「あのな、みかんアルバイターをやってたのは十年前だよ。アルバイターの制度が始まってそろそろ二十年近いんだろ？　さすがにいろんな人が来て、おれのこと覚えてる人も少なくなったか。けどさ、おれ三年連続で来てたんだぜ。バンドとして売れてないころで金がなかったから来たんだけど。ま、いまもそれほど売れてるとは言えないけどな」

「いいんです」リンがいきなり会話に飛び込んできた。しかも珍しく敬語だ。「いいんです、トミーは売れっ子になんかならなくたって。本物だからいいの。本物だってわかる人が聞いてくれればそれでいいんです！」

「うれしいこと言ってくれるね。島川から聞いたけど、リンちゃんって言ったっけ。真穴出身なんだろ？　おれはね、真穴にみかんアルバイターに来て音楽が変わったんだよ。それまではおれもメンバーもレコード会社のやつらも、金、金、金って感じだった。成功して金をつかむ。金を生むCDを作る。それぱっかりだったんだな。当然、行き詰まっちまってさ、そんなときに真穴に逃げるようにきたわけ。そしたら、自然に触れて変わったんだよ。もっとシンプルにそしてピュアに生きようって。気づいたら作る音楽も変わってて、うまいことCDも売れるようになって、さっき言ってくれた武道館のオープニングアクトもやらせてもらうまでになったってわけさ」

「超かっこいい。超リスペクト」

うっとりとリンが言う。

「いや、おれがこの街を超リスペクト。いつか恩返ししたいなって思ってるんだ。この街で大きな野外ライブでもやってさ。そんときはリンちゃんも出てよ。この街出身のアーティストがいたら盛り上がるでしょ」

「マジっすかあ！」

すぐにでも富永に抱きつきそうな勢いでリンは喜んだ。

「おお、マジだよ、マジ」

「そうだ！　せっかく本物のトミーがいるんだもん、あの曲やってくださいよ、あの曲」

譲を蚊帳《かや》の外にしたまま、リンと富永は盛り上がっていった。リンのリクエストに答えて富永が曲を披露する。リンは大興奮で「死んでもいい！」とか「結婚したい！」なんて叫んでいる。そんな軽々しく口にしちゃいけない言葉なんじゃないのか。ふたりを眺める譲の気持ちはどんどん冷ややかになっていった。

明くる日から、リンは島川のアパートに顔を出す程度で帰ってしまうようになった。富永にギターの弾き方やメロディーの作り方、それから、作詞まで指導してもらうのだという。

ギターの弾き方やメロディーに関してなら、富永に習ってもかまわない。譲にとっては専門外なのだから。しかし、作詞はどうなのだろう。いままで教えてきた譲の立場をリンは考えたりしないのだろうか。チーム・マアナはどうなった？　アルバム制作のためにチームで活動してきたんじゃないか。

譲が携帯で調べてみたところ、たしかに富永はそこそこ名の知られた存在らしい。けれど、いままでリンと目指してきたアルバムの方向性と、富永がやっている音楽は別物に思えた。いまさら富永に教えてもらったら、リンのニューアルバムのコンセプトは揺らいでしまう。リンはそこまで考えて動いているのだろうか。好きなミュージシャンが現れて、舞い上がっているだけにしか思えない。

三日経つと、リンはまったくやってこなくなった。電話で呼び出すと夕方アパートに渋々やってきて、玄関口で迷惑げに言った。

「なに？　なんの用？」

「歌詞は完成したの？　リンの宿題のあと二曲はどうしたの？」

「まだだよ。だけど、いまトミーからいろいろ作詞の方法を教えてもらってんの。これがまた、すげえんだよ。トミー、マジで天才なんだよ」

すげえとか、天才とか、簡単に言う子なんだな。

「あのさ、ぼくは大学の授業が始まるから、あと少しで東京に戻らなきゃならないわけ。頑張って曲を完成させちゃおうよ」

「戻ればいいじゃん、勝手にさ」

「その発言はおかしいだろ。曲を完成させるために、いままでふたりで頑張ってきたんじゃないか。なんだよ、そのいきなりどうでもいい感じはさ」

うんざりといったふうにリンはため息をついた。

「あー、はいはい。終わらせればいいんでしょ。終わらせますよ。ちゃっちゃとやってみせますよ」

譲を押しのけるようにしてアパートの中に入っていく。この感じ、知っている。味わったことがある。千春との恋愛の末期のころにそっくりだ。

リンはしばらくのあいだ不機嫌そうな顔でメモ帳に歌詞を書きつけていた。畳にうつ伏せになって、うんうんと唸っていた。しかし、一時間が過ぎたころ、スマホにメールが届いてがばりと起き上がった。

「ちょっと出かけてくる。トミーがいつものファミレスに来てるんだって。あたし、いま曲のアレンジ方法について教えてもらってるんだ。トミー、アレンジもできるんだよ。すごいでしょ」

嬉々《きき》としてリンが語る。

「歌詞はどうするの。終わらせるんじゃなかったの」

リンは露骨にいやな顔をした。

「じゃあ、歌詞もトミーに教えてもらって終わらせてきちゃうよ。それならいいんでしょ？　いちいち細かいんだから、まったく」

ひと睨《にら》みしてからリンはアパートを出ていった。ドアが勢いよく閉められる。怒っているとアピールするためにわざと強く閉めたのだろう。ドアに物を投げつけたい衝動に駆られる。だが、ここは島川の家だ。ぐっとこらえた。

六畳間に戻って腰を下ろす。なんだかとても疲れた。リンのことを考えていらいらするのがいやで、眠っていっとき忘れることにする。眠りに逃げてしまおう。畳に横倒しになる。目線の先にリンの歌詞用のメモ帳が落ちていた。

「あの野郎」

起き上がって手を伸ばす。富永に歌詞も教わるなんて言いながら、メモ帳も置いていくなんて。

どのくらいまで歌詞は完成しているのだろう。ぺらぺらとめくったら、いちばん新しいページに「スイッチ」というタイトルの書きかけの歌詞があった。読んだ瞬間、譲は卒倒しそうになった。

夏の午後　恋のスイッチが入った
ハダカで触れ合って　シーツにくるまったら
運命の人だった
メールの着信音がぴかぴかに聞こえる
いまどうしてる？　早く会いたいよ
あなたの考えてること全部わかればいいのに

なんだよ、もう富永とつき合ってるんじゃないか。抱き合ってるんじゃないか。慌てて メモ帳を閉じたが、再び開いて読み返してしまう。

懸命に呼吸を整える。耳の奥でごうごうと血の流れる音がする。体の具合がおかしい。汗をかいているのに寒い。激しく動揺しているせいのようだった。しかし、なぜ自分は動揺しているのだろう。

トモキに対していまでも一途《いちず》だと思っていたリンが、こうも簡単に富永に抱かれてしまったからだろうか。

チーム・マアナのパートナーであるリンが、アルバム制作もそっちのけで恋に走ったからだろうか。リンの手を引いて、完璧なブルーの空の下まで案内してやるのが自分の役目だと考えていたのに。

いや、違うな。譲の喉を苦いものが伝って落ちていった。いや、違う。この動揺はすぐにでもつき合えると思っていたリンが、富永にかっさらわれたせいだ。

自分は卑怯《ひきょう》だと思った。リンを強く好きだと意識したこともなかったくせに、いなくなった途端に恋しくなった。つき合っているも同然の毎日で、いつでも手に入るなんて考えて、気持ちを奪いに行くことをしなかった。

もちろん、トモキの存在が引っかかってもいた。リンは死んだトモキへの思いをひた隠しにしていると思っていた。その思いを無視してリンの心に踏み込んでいいのか、わからなかったのだ。

だが、こうしたことはみんなあとの祭りだ。すべて言い訳にしかならない。リンはもう富永に抱かれてしまった。富永のものになった。

日が落ちて部屋が真っ暗になっても、譲はぺたりと座り込んだまま動かなかった。さまざまな考えが浮かんでは消えていった。自分の情けなさに頭を抱えることもあったし、リンをなじる気持ちが湧いてきて拳《こぶし》を握ることもあった。

ラブソングが書けなかったのは、トモキへの思いがあったせいじゃないのか。トモキはリンに音楽とともに生きていくことを教えてくれた大切な人だったんじゃないのか。興奮すると周りが見えなくなるリンだとわかっていたが、こんなに簡単に富永に走るなんてどうなんだろう。尻軽《しりがる》といういやな言葉が頭に浮かんでしまう。

書きかけの「スイッチ」という曲が、あれほどいやがっていたラブソングなのも腹立たしい。しかも譲が教えた歌詞の法則はまるで無視だ。歌詞ができあがったら譲の添削を受けることになっていたが、リンはあの歌詞を見せるつもりだったのだろうか。読めばすぐに富永に抱かれているとわかる歌詞なのに、見せようとしていたのだろうか。だとしたら、あまりにも譲の存在を軽く見ている。あるいは歌詞からでは、富永との関係はばれやしないと考えていたとでも？　読解力がないから大丈夫だろうと高を括《くく》っていたのだろうか。どちらにしても、腹立たしいことに変わりはない。こんなあからさまな歌詞を書きやがって、リンのやつ。拳を畳に振り下ろした。

けれど、自分を咎《とが》める声もある。ラブソングを書けと言っていたのは自分じゃないか。赤裸々に書けと指導したのは自分じゃないか。ある意味、リンは間違ってなどいないのだ。

いったいなにをやっているんだ、おれは。顔を覆って仰向けに倒れた。

真っ暗な部屋で横たわっていたら、慌《あわただ》しいノックの音が響いた。立ち上がって電気を点《つ》ける。夜の十時を回っていた。

玄関に行ってドアを開ける。誰が立っているかを確認する前に、酒臭い空気がぷんと漂ってきた。

「ただいま！」

リンだった。富永に肩を借りてやっと立っている状態だった。ふたりが雪崩《なだ》れ込むようにしてアパートに上がる。ふたりとも相当酔っているようだった。

「あたしね、すげえ、ナイスな考えを思いついたの」

にやにやしながらリンが言う。

「なに」

「譲はさ、チーム・マアナとしての活動がどうなっちゃうか心配してんでしょ？　よくあるんだよ、バンドとかユニットで音楽活動しているとそういうこと。だからさ、あたし決めました！」

リンはもったいぶったように言葉を切った。それから富永の腕にしがみついて言った。

「トミーをチーム・マアナに加入させちゃいます！　これなら譲もいらいらしないで済むでしょ？　トミーはさ、作詞作曲だけじゃなくて曲のアレンジもできるんだよ。もう最強のメンバーって感じじゃない？　それにね、トミーはあたしがメジャーデビューできるまでサポートしてくれるって約束してくれたんだよ！」

「あのね」

譲も言葉をいったん切った。怒りのためだ。リンが出ていったあとで自分を責めたり反省したりしたことさえ、いまは馬鹿馬鹿しかった。

「リンは富永さんとつき合ってるんでしょ。それをぼくに言わずに富永さんを引き込もうとするなんて、隠し事をされているみたいで面白くないよ」

ぽかんとリンが口を開けた。ばれていないと思っていたみたいだ。どこまで浅はかなんだろう。こんな見え見えの懐柔策まで取りやがって。

「ていうかさ、いままでぼくらふたりで頑張ってきたことを途中で放り投げておきながら、つき合っている男をなに食わぬ顔で加入させようっていうリンの人間性が理解できないよ。はっきり言って、人としてまったく信じらんないね」

ずいと富永が前に出てきた。にやにや笑っている。アルコールで赤らんだ顔を近づけてきた。

「おい、どうしたってんの？　好きだった女をおれに取られて頭にきてんのか。つうか別にリンとつき合ってたわけじゃないんだろ？　文句を言える立場じゃねえだろう」

富永の言い分が正しい。譲は文句を言える立場じゃない。けれども腹立たしさがある。悔しさがある。富永を睨みつけて吠《ほ》えた。

「つき合ってなくたってな、ぼくらふたりには絆《きずな》とか目標があったんだよ。歌って成功してほしいってことも本気で願ってたんだよ。それをリンは放り捨てるようなことをしたんだ！」

腹を抱えて富永が笑う。

「なにが目標だよ。なにが成功だよ。ど素人のおまえとじゃ、リンはどこにだって行けないよ。アルバムを作るってガキの遊びじゃねえんだよ。おまえの作詞の法則もリンから聞いたけど、ありゃ、駄目だな。鼻で笑っちゃうレベルだったよ」

挑発するように富永が笑ってみせる。その後ろで笑っているリンが見えた。その笑みには憐《あわ》れみの意味も込められていると気づく。公私ともにベストパートナーの富永が現れたいま、譲などもういらないのだろう。天秤《てんびん》にかけるまでもなく、あっさりとお払い箱となったというわけだ。

「最低だな」

リンに向かって言う。富永が視線を遮るように立つ。

「おい、ガキ。口に気をつけろよ」

富永の顔を押しのけて遠ざけたかった。しかし怒りが沸き上がって、手を伸ばしたら勢いよく富永の頬を張っていた。叩《はた》かれた富永が不敵な笑みを浮かべる。

「一回は一回だからな」

拳骨《げんこつ》が飛んできて譲の顔面をとらえた。一回は一回のはずなのに、興奮したのか富永は殴るのをやめなかった。殴られたり蹴《け》られたりと十数発もらって譲が畳に倒れ込んだところで、やっとリンが仲裁に入った。

意識が朦朧《もうろう》とする中で富永が焦った声を上げるのを聞いた。やべえよ、酔っててやりすぎちまったよ、大丈夫かな。リンが答えるのも聞こえた。

「大丈夫だよ。早く逃げよう」

最低だな。この女は。

Ⅳ　一生に一度

1

　夏休みが明けて大学に行ったら、誰からもぎょっとした目で見られた。富永に殴られてできた青痣《あおあざ》が目尻と口の端に残っていたからだ。

　リゾートバイト研究会にも顔を出した。目を見張って驚きつつ誰も心配してくれない。もともと譲に話しかける部員など誰もいなかった。状況は変わらない。譲は日々を淡々と過ごすことにした。

　淡々と過ごしたいのに、けんかの仲裁を頼まれたことがあった。一年生の男子同士のけんかだ。八幡浜で殴られて帰ってからというもの、どうやら譲には揉《も》め事への免疫《めんえき》があると周囲から見られているようだった。一方的に殴られて帰ってきただけなのに、傷を負った顔で淡々と過ごしていたら頼もしそうに見えたらしい。

　ふてぶてしくなった自覚はある。最低な人間に出会っていやな目に遭うと、無駄に強くなってしまうのだろう。いちいち繊細だとやってらんない。他人に期待するのもたくさんだ。自分の足でしっかりと地面を踏みしめて、自分が望んでいることを見極めて、常になんに対しても自覚的に生きていきたい。

　そんなことを考えるうちに半年が過ぎた。今年の冬はみかんアルバイターに行かなかった。ギリコからは歌詞の依頼が何度かあったが、みんな断った。クリスマス直前にリンから電話があった。出るかどうか迷ったが、お人よしな部分はまだ残っていたらしい。電話に出ると、やけに弱々しい声が聞こえてきた。いまにも消え入りそうなほど小さな声だった。

「あのね、あたし騙《だま》されちゃった」

　返事もしていないのにリンは続けた。

「トミーね、奥さんいたんだ。子供も」

　ざまあみろ。最初に浮かんだ言葉はそれだった。言わなかったけれど。

「あたしのアルバム制作も途中でどっか行っちゃって」

「それで？」

自分でも驚くほど冷たい声が出た。

「本当に譲には悪いことをしたと思ってる。死んで詫《わ》びたいくらい」

「死ぬとか、簡単に言っちゃ駄目なんじゃないの？」

特にトモキを亡くした過去があるリンはさ。電話の向こうでリンが泣き出した。慰《なぐさ》める気にもならず、黙って泣き声を聞いていると、リンはまるで三歳児のようなたどたどしさで言った。

「あのね、あたしね、いま、もうひとりなの」

「ひとり？　リンにはみそ吉とか狸とかファンがいるだろ。泣き言ならそいつらに聞いてもらえばいいじゃん」

「そうじゃないの。周りに親しい人がいないの。あたし、友達っていないの。そういう意味でひとりなの」

「知らないよ。ぼくだってひとりだよ。リンが富永にのぼせたせいで、ひとりぼっちになって八幡浜から帰ったんだよ。自分ばっかひとりとか言わないでほしいな」

リンの泣き声が一段と高くなった。

「ごめんなさい。本当にごめんなさい。でも、頼るのがいまはもう譲しかいないの。もう一回アルバムを作りたいんだけど、頼れるのが譲以外にいないんだよ」

「悪いけれどもう関わるつもりはないよ」

またひとしきりリンが泣く。嗚咽《おえつ》で途切れ途切れになりながら言った。

「あたしね、いつも下手《へた》くそなの。ルービックキューブってあるでしょ。一面目はそろえられるけど、二面目をそろえようとするとせっかくそろってる一面を壊しちゃうじゃない？　けど、二面目がそろえられそうになると、もう最初の一面がそろえられないの。六面目指したいのに全然そろわないの」

「もう電話切ってもいいかな」

この期《ご》に及んで子供じみたたとえ話なんか聞きたくなかった。わっとリンが泣き叫ぶ。

「ぶわっで。ぶぁだぎらないで」

「なんだって？」

鼻をかむ音が聞こえた。

「待って。まだ切らないで」

「もう話すことなんてないでしょう」

「譲が歌詞を書いてくれた曲、たくさん残ってるよ。譲に見てもらいたい歌詞もあるよ。譲が教えてくれた歌詞の法則でちゃんと書いた歌詞なの。ねえ、いっしょにまたやろうよ。チーム・マアナ。そんな単語をいまだに口にできるリンの無神経さにいらいらした。

「歌詞は全部リンにあげたもんだから、どう使ってもいいよ。だけどひとつだけお願いがある。ぼくの名前を出さないでくれるかな。ワード・バイ・ユズルなんて絶対に書かないでほしい。全部リンの作詞ってことにしていいから。あ、もうひとつお願い。ぼくのいないところで二度とぼくの名前を口にしないでほしいんだ。ぼくとリンはなんにもなかった。チームなんちゃらもなかった。なんなら最初から出会いもしなかった。そういうことにしてくれていいから。じゃあね」

一方的に電話を切った。携帯のディスプレイに映った日付けを見て、ちょうど一年前に渋谷のティルドーンでリンのライブを見たことを思い出す。胸くそが悪くなった。

三月も末のことだ。ギリコから封筒が届いた。開けたら、ティルドーンで行われるリンのライブの告知フライヤーが入っていた。リンから転送を頼まれたとメモ書きがあった。リンの手紙も同封されていた。アルバムが完成したのでライブを開くのだという。けれど、ライブが終わったらすぐにアメリカに音楽武者修行に出るとあった。

アルバムを完成させたのか。あいかわらず帳尻《ちょうじり》合《あ》わせはうまいやつだ。アメリカにも本当に行くなんて正直驚いた。

フライヤーには〈ついに最高傑作完成！〉〈アメリカに羽ばたく前のラストライブ！〉〈これがあたしの置きみやげ〉などと勇ましい文句が並んでいた。あれほどのことがあったのに、尊大さはまったく変わっていない。たいした生命力だった。

手紙の後半は、譲への謝罪の言葉でいっぱいだった。今回のライブにはシークレットゲストを呼んであって、けじめをつけると書いてあった。きっと富永だろう。見栄っ張りのリンのことだ。ライブ会場で圧倒的な支持を受ける自分を、騙した富永に見せつけようという腹だろう。浅はかな計画だ。なんにも変わっていない。手紙もフライヤーも破って捨てた。誰がライブになど行くもんか。

返事もなにもせずにいたら、ギリコからライブに行くかどうか尋ねるメールが来た。リンがぜひとも来てほしいと言っている、ライブのゲストとして自分も出るから聞いてほしい、などなど書いてあったが、行かないとだけ返事した。とにかくリンの顔を見たくない。アメリカだろうがどこだろうが勝手に行けばいい。その名前も活動も耳に入らないくらい遠くへ行ってしまえばいい。そのまま消息不明になってくれたらなおけっこう。道中なんらかの不慮の事故にあったとしても、涙ひとつ流してやるつもりはない。

そのくらいリンを毛嫌いしていたのに、譲は当日リンのライブの会場にいた。ティルドーンは超満員だった。椅子《いす》もテーブルも片づけられ、オールスタンディングで五十人ほどがぎちぎちに詰まっている。日本を離れて当分のあいだライブがないとなれば、たとえリンでも集まってくれるファンがいるようだ。

なぜライブに来たのか。それは真穴のお父ちゃんから電話で誘われたからだ。譲の携帯に二宮敏弘と表示されてなにごとかと慌てて出たら、お母ちゃんと東京に出てくるとのことだった。

「渋谷のティルドーンというライブハウスでリンのライブがあるんだよ。東京の地理よくわからんから、譲、案内してくれんかな」

さすがに娘がアメリカに旅立つとなると寂《さび》しいのだろう。最後のライブくらい観に行ってやろうという親心が窺《うかが》えた。

「やっぱり、一人娘がアメリカに行くとなると寂しいですか」

敏弘の心中を慮《おもんぱか》って尋ねた。すると敏弘はなぜか急に怒り出した。

「娘？　うちには子供なんていないよ。前にも言ったはずだぞ。ライブはな、この歌手の歌が好きだから行くだけだ。デビューしたときからずっといいなって思ってたからな」

しっちゃかめっちゃかなリンを自分の娘と認めたくない。でも、シンガーソングライターとしては応援してやりたい。敏弘のそうした複雑な心境が窺えて、譲もライブに行こうと心が動いたのだ。

　リンは人として大嫌いだ。別にいつ死んだってかまいやしない。けれど、歌って成功したいという彼女の願いまで否定するつもりはない。そういった点で敏弘とは相通じるものがあった。肉親である敏弘と光子のほうが、譲よりも何倍も心配したり腹を立てたりしてきただろうに、応援はしてあげたいといういじらしさや心の清らかさに、感化された部分もあった。

　夜の七時にスタートしたライブは、大盛り上がりで進んでいった。まずギリコがオープニングアクトで三曲披露した。メインのリンのために、リンがいかにすてきな相方かMCで語ったりした。

　敏弘と光子はステージのそばに陣取ったが、譲はリンと顔を合わせるのがいやで、会場の最後列に立った。振り向けばバーカウンターだ。そして、いちばん後ろからだと会場の雰囲気がよくわかった。誰もがギリコの歌を楽しんでいるのが伝わってきて、以前に歌詞を提供した譲としては誇らしかった。

　次のシークレットゲストの出番となると、会場が異様なざわめきを帯び出した。隣の二人連れの客が興奮気味に語っていた。

「いやー、こんな小さなところで観られるなんて超ラッキーだよ」

「情報をリークしてくれたやつ、マジ感謝だな」

「ここの店長が直々に頼み込んでなんとか実現したらしいよ」

おそらく富永が出演する情報が、ネットかなにかで出回ったのだろう。

歌い手が交代するあいだ場内は明るくなっていたが、ステージの準備が整ったらしく明かりが落とされる。「うおお」と呻《うめ》き声のようなものが客席から沸き起こった。天井のスポットライトが光を放ち、ステージを照らした。

まばゆい光の中、希愛がギターを手に立っていた。いつもテレビやパソコンのディスプレイ越しに見ている本物の希愛がそこにいた。

そうか。けじめをつけたい相手とは希愛だったのか。クリスマスのライブで受けた辱《はずかし》めを、リンはまだ根に持っていたわけか。執念深いというか、三つも四つも年下の女の子に大人げないというか。

希愛がスポットライトで照らし出された瞬間、爆弾が落ちたみたいな大音量の歓声が起こった。会場内の熱気がいっきに上がる。

興奮の坩堝《るつぼ》の中、希愛は落ち着いた様子で床に腰を下ろし、胡坐《あぐら》をかいてさらりと三曲歌い上げた。千人とか二千人の前でいつも歌っている彼女だ。五十人の客の前で歌うことなどわけないのだろう。

三曲目が終わると希愛はすっくと立ち上がり、ステージから帰っていく。しゃべりはいっさいなし。それも大物感が漂っていてかっこいい。当然、アンコールの大合唱が希愛を引き止めた。ステージから降りかけていた希愛だったが、戻ってくると茶目っけたっぷりに微笑《ほほえ》み、マイクに向かって言う。

「今日はみなさんありがとう。このティルドーンはわたしが木村希愛として歌った最後の場所なんです。思い出深いんです。シンガーソングライター希愛として船出する前夜に泊まっていた港って感じかな。だから、店長さんに恩返ししたくて今日は来ました。ありがとう、店長さん」

希愛がバーカウンター内の店長を指差す。観客がみんな振り向いた。照れる店長に向かって、大「店長」コールが起きる。店長はかぶっていたテンガロンハットを振って応じた。

「あと申し訳ないんだけど、今日はアンコールなしでお願いね。持ち時間が二十分って決まってるの。このあとのメインの時間、押しちゃうでしょ？　むかし、そういう事情がわからなくて叱《しか》られたことがあったからさ」

ちくりとしたリンへのお返しだった。負けていない子だと思った。このくらいの負けん気がないと芸能界ではやっていけないのかもしれない。

「えー、時間なんて押してもいいじゃん」

客席から不満の声が上がる。すると、そうだそうだと客席のほとんどが賛同した。その様子を見ていて譲も気づいた。今日の客の多くはリンではなくて、希愛目当てでやってきているのだ。

騒然とする中、心ない声が飛んだ。

「今日おれは希愛ちゃんのためにはるばる北海道からやってきたんだ。三曲じゃ足りないよ。メインなんてどうでもいいからアンコールやってくれよ」

勢いのいい賛同の声がいくつも上がる。

「そ、そ、それはないんじゃないかな！」

最前列から抗議の声が上がった。みそ吉だった。その隣にいたミドリの狸が続く。

「今日はリンちゃんのラストライブなんだぞ。失礼じゃないか」

「失礼なんて大袈裟《おおげさ》だな。アンコールくらいいいじゃねえか。リンだかなんだか知らねえけど、希愛が歌ってくれたほうが今日の客が喜ぶに決まってんだろう」

「やっぱり失礼だよ！」

ミドリの狸が憤慨《ふんがい》して握り拳《こぶし》を振り上げる。

「はーい、ちょっと、ちょっと、揉めなーい。楽しくやろうよ！　悪いけど、今日の主役はあたしだよ！」

ステージの袖からギターを掻《か》き鳴らしながらリンが登場した。スタンドマイクの前に立つと、観客に向かって大きく手を振った。その隙《すき》に希愛が裏へと引っ込んでいく。リンはなし崩し的に自分の出番にしてしまおうと考えたのかもしれない。

しかし、希愛の歌を望んでいた観客たちは収まらなかった。希愛をかくまったリンに対する敵意さえ見られた。不穏な空気が漂い始め、どうなるのかと見守っていると、拳を突き上げての大合唱が始まった。

「希愛！　希愛！　希愛！」

ライブ会場が異常な興奮状態に包まれていた。暴動寸前ってこんなふうじゃないだろうか。リンはギターのネックを握りしめて、立ち尽くしている。怯《おび》えて目を泳がせているる。ざまあみろ。いい気味だ。最低なことをした報いを今夜のステージで受けているんだ。

抵抗を試みたリンが曲のさわりをギターで弾いた。反発するように希愛コールが大きくなり、ギターの音はすぐに掻き消されてしまった。リンは弾くのをやめた。

リンがさわりだけで演奏をやめてしまったが、譲にはなんの曲を弾きかけたかわかった。あれは「三つの太陽」だ。いっしょに曲を作った譲だからこそわかった。

　みかん山から見た美しい夕日が胸によみがえってくる。赤く染められた宇和の海が懐かしい。真穴の太陽の強さが恋しい。みかんアルバイターとして働いていたときの爽快感が体によみがえってくる。もぎたてのみかんの甘酸っぱい香りで、鼻孔が満たされた気がした。

　初めてリンの声を聞いた日のことを思い出す。みかん山から空へと、澄んだ声が響き渡っていた。

　馬鹿だな。最低だな。リンのことをそう思っているのに、希愛を渇望するコールが腹立たしく聞こえてきた。リンはいまにも泣き出しそうになっている。完全に孤立して、吊るし上げ状態だ。

　なぜリンはいつもこんなに下手くそなんだろう。生き方も行き当たりばったりで、世渡りも駄目。見栄っ張りで、大風呂敷《おおぶろしき》を広げるだけ広げ、あとから帳尻合わせで駆けずり回る。トモキという本当に大切な人を忘れ、富永に入れ揚げて騙された。ボクサーに殴られまくってぼろぼろになったサンドバッグみたいじゃないか。

　それなのに、よくもまあ今日もステージに上がってきたもんだ。頓挫《とんざ》していたアルバムも作り上げ、念願のアメリカ行きも叶《かな》うという。

強いな。お馬鹿だから無敵なのかな。けれど、そんな無敵のリンもいまステージ上で身を縮め、涙目になって会場を見渡していた。逃げることもできず、助けを求めて立ちすくんでいる。夏のあの日に抱きしめたときと同じ弱々しそうな顔をしていた。最低だ。ざまあみろ。その気持ちは消えない。だけど、譲の胸にもうひとつ消えない気持ちがある。リンは大嫌いなやつだけど歌って成功してほしい。もっと高く飛んでほしい。夏に寄り添ったときにリンに対して抱いた絆《きずな》や願いは、いまも消えないのだ。過去の関係にこだわるな。いまこそ枠組みを外すときじゃないか。人として上に一段のぼろう。枠組みの上を行こう。そうだ、上にのぼるのだ。

後ろを振り向く。そこにあったバーカウンターに譲はよじのぼった。希愛コールで突き上げられる拳を上から見下ろす。壁際に追いやられた敏弘と光子が見えた。敏弘は光子を守るようにして立っていて、鬼のような形相をしている。いまにもそばにいる人間をぶん殴りそうだ。リンは嗚咽を漏らす寸前の顔となっている。すべてがもうぎりぎりだった。

とっさにカウンターにあったステンレス製の丸いお盆を拾い上げる。バーカウンターの上からだと、頭上すれすれにライブハウスの低い天井があり、ぶっ叩《たた》くにはおあつらえ向きな鉄骨の梁《はり》が横に走っていた。

振りかぶり、思いっきりお盆を鉄骨に打ちつける。何度も何度も叩きつける。観客が驚いて振り向いた。バーカウンターに立つ譲を見て目を丸くする。希愛コールが途切れて、しんとした。

いったん叫ぼうとしてから譲は咳払《せきばら》いをした。急に叫んだら声が裏返ってしまいそうだったからだ。叫んだときに声が細かったり裏返ったりするのは最悪って言ってたっけ。

「いまだ、リン！　歌え！　一発かましてやれ！」

リンはステージからまっすぐ譲を見つめていた。大きくうなずき、ギターを強く弾き出す。「二つの太陽」だ。前奏が終わり、いまだどよめく観客の頭上をリンの透明な声が広がった。

最後列からだと会場の雰囲気がよくわかる。しかもバーカウンターの上からだと手に取るように。観客がみんな、はっと息を飲むのがわかった。そっぽを向いていた人たちの視線がステージを向く。リンの歌声で会場内の空気が一瞬にして変わった。リンの声が本物だとみんな気づいたのだ。

一曲目が終わったとき、拍手を送っていたのは、みそ吉やみどりの狸、ギリコや敏弘に光子など一部の人だけだった。二曲目が終わったとき、周囲の様子を見ながら拍手を送る人たちがほかにも出てきた。観客のほとんどがリンの歌声に魅了されているのが伝わってくる。

三曲目が始まったとき、腕組みをしながら聞いている人はいなくなった。リズムに合わせて体を揺らす人も出てきた。リンの歌にそそのかされて、むずむずしているのも見て取れる。ただ、先ほどだけ希愛コールを送ってしまった手前、態度を翻《ひるがえ》すのが憚《はばか》られるのだろう。観客同士で、リンを認めたらまずいんじゃないかという相互監視の状態に陥っていた。

あと少しでみんなリンの歌に乗ってくれるのに。なにかきっかけがあればリンの歌を楽しむ側に変わってくれるのに。

今日のリンの歌は申し分ない。いや、すばらしい。いままででいちばんだ。いったいどうすれば客を乗せられるだろう。譲が頭を抱えたそのときだった。

舞台袖《ぶたいそで》から希愛が出てきた。曲のリズムに合わせ、頭上で大きく手を叩きながら登場した。笑顔で客席を煽《あお》りながら、手を叩く。希愛が叩くなら、と観客も手拍子を始める。希愛は満足そうにリズムに合わせてうなずくと、ステージのリンを両手で指差した。リンを認めたというゼスチャーだった。

曲の間奏に入る。リンはマイクに向かって叫んだ。

「サンキュー、希愛！　いままで音楽をやってきていちばん悔しい思いをさせてくれた、勝手に永遠のライバルと認めた最高のシンガーソングライター希愛に、盛大な拍手を！」

拍手が巻き起こり、希愛は大きく腕を振って舞台袖へ消えていく。あとのステージはもうリンのものとなった。

リンはニューアルバムに入れた曲すべてを披露するつもりのようだった。みんな譲が作詞したものばかり。それらの曲で観客が時には熱狂し、時には酔いしれる。リンの声で命を宿した曲が、聞く人々の心を震わせる。それを間近で感じられる幸せで譲の心も震えた。

譲が作詞した六曲すべてが終わったあと、リンは両手を大きく広げながら深呼吸をした。落ち着いた表情へと変わっていく。リンはマイクに向かい、ひと言ひと言大切そうにゆっくりと語った。

「次の曲は、『ワンス・イン・ア・ライフタイム』というタイトルです。一生に一度という意味です。聞いてください」

それは静かな祈りのようなラブソングだった。トモキへの曲だった。

二度とはもう会えない人

愛してもいいのはいつまでですか？
会いたくて　苦しくて　涙で眠れない夜ばかり
泣いても目の腫《は》れない方法を　知って日記に書きつけた
ワンス・イン・ア・ライフタイム
そういう恋だと思ったの
ワンス・イン・ア・ライフタイム
あたしはそれでも間違ってしまう
迷うほど　躓《つまず》くほど　忘れようとするほど
輪郭は濃くなっていく　会いたいんだよ

リンが泣いているように見えた。客席からはすすり泣きが聞こえた。敏弘が目頭を押さえ、光子はハンカチで顔を覆っている。

トモキへの思いを、とうとうリンは歌詞として書いた。彼女はひとりでトモキの死を見つめ、もういない現実を受け止め、やっと言葉にしてきたのだ。

そのつらさや苦しさや健気さを思い、譲も泣いた。歌詞にしてきたリンの強さに敬意を抱きながらまた泣いた。

曲調に合わせてステージのライトは抑えめの青だったが、曲が終わると一転してすべてのライトが明るく灯《とも》った。夏の太陽のまばゆさを思った。

「じゃあ、次はいよいよ最後の曲！　これは明るく元気いっぱいの曲だよ！」

いつものリンの調子に戻っていた。軽快にギターを掻き鳴らす。ギルドのギターから生まれた力強い音が、会場内に響き渡る。

「さあ、みんなも元気に手を叩いて！　この夏いちばんだったあたしの思い出を歌います！　坂道を自転車で駆け下りて海を目指す感じ！　タイトルは『ナツイロ』だあ！」

2

千春からメールで呼び出された。場所はリゾートバイト研究会の部室で、用件は会ってから話すとメールにあった。

指定された時間に行ってみると、部室に千春がひとりいた。窓際にぽつんと立っていて、挨拶《あいさつ》を交わしたあとも言いにくいことでもあるのか、譲に視線をよこしたり、窓からの景色に目をやったりしていた。

「なに？　なんの用なの」

「最近知ったんだけど、譲君って歌詞を書いてるんだって？　作詞家ってやつをやってるんでしょ？」

ギリコに再び歌詞を提供するようになった。彼女のつてで、ほかのシンガーソングライターの女の子に書くことも増えた。さらに今度は男性のシンガーからも依頼が来ている。

「まあ、ね」

「すごいね。あたし、ギリコの新しいアルバム買ったよ。ユズルって書いてあってうれしくなっちゃった」

「ありがとう」

一応、礼は言っておく。けれど、それで？

「あのね、話しにくいことなんだけど、わたし野渕さんと別れちゃったの。彼、学校の仕事が忙しいみたいで、すれ違っちゃったっていうか。それでいろいろ考えてみたんだけど、わたしたちもう一度やり直せないかな。譲君のいいところたくさんあったのに、わたし見落としてたんだよね。子供だったの。それなのに譲君のこと子供っぽいなんて言ったりしちゃってすごく反省してる。いまはわたしも大人だよ。譲君がこれからどんなことをやろうとしているか、方向性だっていまはわかる。だから、今度ちゃんとつき合ったら、わたしたちとてもうまくいくと思うの。ねえ、もう一度いっしょになってみない？」

誘うような、甘えるような、やさしい微笑みを千春は浮かべた。

「悪いけれど、つき合うつもりはないよ」

「え」

千春が顔をしかめる。断られるとは思っていなかったのだろう。理解できないとばかりに譲を見つめる。

「だから、答えはノーだよ」

「もう誰かつき合ってる人がいるの？」

「いないよ。ていうか好きな人もいない」

「じゃあ、なんで」

「ただ、千春とはつき合いたくないってことだよ」

唖然《あぜん》とする千春を残し、譲は部室をあとにした。傷つけてしまっただろうな、と胸に苦いものが残る。けど、心にもないイエスを言うつもりはない。

拒んだり、否定したりすれば、相手は傷つく。傷ついた相手を見れば、今度は自分が傷つく。それがいやでイエスと答え続けてきた。弱いゆえの事なかれ主義だった。

けれど、いまはもうそのような弱さは譲にはない。精神的に鍛えられたからだ。ノーと意思表示しないととんでもないことになるリンと過ごしたことによって。そして、学んだのだ。自分の本当のイエスのために、傷だらけに前進するリンの強さを。

そのリンはラストライブ終了直後、忽然《こつぜん》と姿を消した。打ち上げにも参加せず、誰も連絡を取ることができなかった。

のちにギリコ経由で聞いた話では、明けて次の日がアメリカへの出発日だったらしい。旅立ちの準備をしていなかったうえに、ラストライブのために三日間不眠不休で練習したり、リハーサルしたりしたせいで、眠気も体力も限界。家まで飛んで帰ったそうだ。

愛媛から来ていた敏弘と光子は、挨拶もなかったとかんかんに怒りながら愛媛へ帰っていった。ギリコも気を揉んだのにと怒っていた。なにせ連絡が取れたときにはすでにアメリカにいたのだ。相方に連絡もなしに旅立つなんて、とこれまたかんかんだった。

ティルドーンの店長はライブハウスの使用料金を払ってもらっていないと言い出すし、アルバム制作のお金も完納されていないという噂《うわさ》だ。みそ吉は空港に見送りに行く約束をしていたのに、日にちすら教えてくれなかったと怒った。ラストライブが終わったあとアメリカに行くとは聞いていたが、もう少し期日があると思っていたらしい。

ミドリの狸はふたつの理由で怒っていた。リンの撮影の予約がまだ残っていたという。

彼の話では、リンは撮影モデルのアルバイトをしていたのだそうだ。しかもアマチュアのカメラマンを集めての、野外を移動しながらの撮影会。写真を見せてもらったら、チャイナ服を着ているリン、セーラー服を着ているリン、水着姿のリンなど、アイドル顔負けのスマイルとポーズばかり。かなりの人気モデルだったらしく、短期間で荒稼ぎしたはずとのこと。NGほとんどなしの、一時間五千円からの素人モデル。返済した九十万円の出所がやっとわかった。また、ミドリの狸は今回のアルバムのジャケット写真も撮影していた。プロに頼まず、安い謝礼で済ませようという算段だったようだが、その謝礼さえ踏み倒して渡米していた。

「リンのやつ、最低」

ひと言も残さないでアメリカに行ったリンを誰もがそう罵《ののし》った。当の本人は気楽なもんで、いつ帰るか決めていないらしく、帰国したとしてもまたアメリカにとんぼ返りするつもりなのだとか。つまり、みんなに会う気はさらさらないということだ。いろいろ世話になっておきながらどこまでも身勝手で、どこまでも行き当たりばったりで、やっぱり無敵なのだった。誰も彼女には勝てないのだ。

いったい次はいつ会えるのだろう。会えたら絶対に言ってやりたい。いや、絶対に会って言ってやりたい。

君は最低だったよ——。

誰もが敗北の笑みを浮かべて言うように、譲も言ってやりたいのだ。一生に一度の特別な夏を過ごさせてくれた彼女に。

この作品は集英社文庫のために書き下ろされたものです。

集英社文庫

ナツイロ

2012年6月30日　第1刷　　定価はカバーに表示してあります。

著者　関口《せきぐち》　尚《ひさし》

発行者　加藤　潤

発行所　株式会社　集英社
東京都千代田区一ツ橋2-5-10　〒101-8050
電話　03-3230-6095（編集）
03-3230-6393（販売）
03-3230-6080（読者係）

印刷　大日本印刷株式会社

製本　ナショナル製本協同組合

フォーマットデザイン　アリヤマデザインストア　　マークデザイン　居山浩二

ISBN978-4-08-746850-2 C0193